玻璃与少年

马克吐舟 著

上海社会科学院出版社

图书在版编目（CIP）数据

玻璃与少年 / 马克吐舟著 . -- 上海：上海社会科学院出版社, 2018
ISBN 978-7-5520-2573-6

Ⅰ. ①玻… Ⅱ. ①马… Ⅲ. ①诗集 – 中国 – 当代 Ⅳ. ①I227

中国版本图书馆 CIP 数据核字 (2018) 第 284282 号

## 玻璃与少年

| 著　　者： | 马克吐舟 |
|---|---|
| 责任编辑： | 刘欢欣 |
| 插画绘制： | 张芮嘉 |
| 封面设计： | 尤际广 |
| 版式设计： | 黄婧昉 |
| 出版发行： | 上海社会科学院出版社 |
| | 地　　址：上海顺昌路 622 号　　邮　编：200025 |
| | 电话总机：021-63315900　　　　销售热线：021-53063735 |
| | http://www.sassp.org.cn　　　E-mail: sassp@sass.org.cn |
| 排　　版： | 南京展望文化发展有限公司 |
| 印　　刷： | 上海文艺大一印刷有限公司 |
| 开　　本： | 890×1240 毫米　1/32 开 |
| 印　　张： | 7 |
| 插　　页： | 8 |
| 字　　数： | 120 千字 |
| 版　　次： | 2019 年 7 月第 1 版　2019 年 7 月第 1 次印刷 |

ISBN 978-7-5520-2573-6/I.310　　　　　定价：58.00 元

版权所有 翻版必究

在只有冷冰冰的玻璃的地方，
所有人都以为看到了真眼睛。

——尼采《人性的·太人性的》

云中书

咯吱咯吱

关于女人

— 所谓伊人 —

― 妖精 ―

迟暮的迪斯科

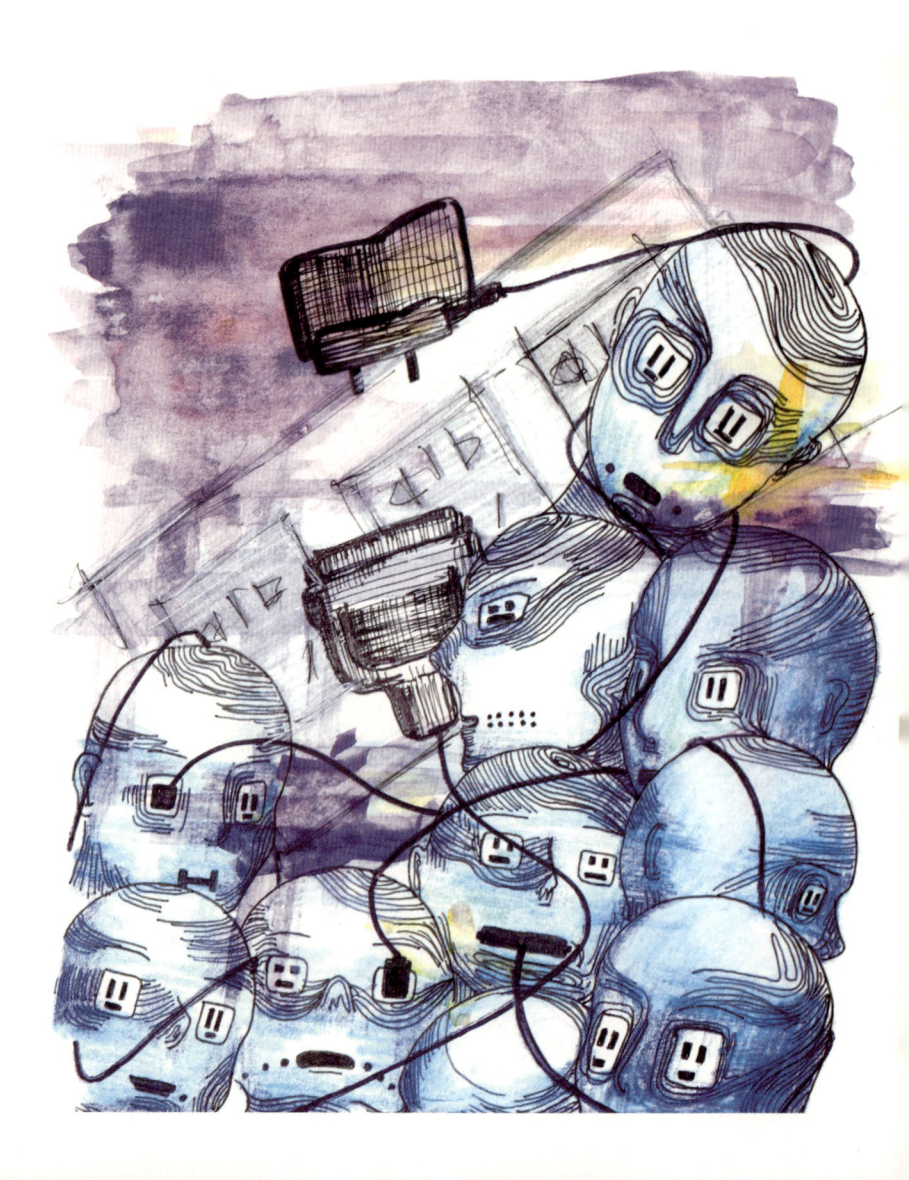

城南绝句

丝网状的姑娘

一

色

戒

别裁集·嫦娥

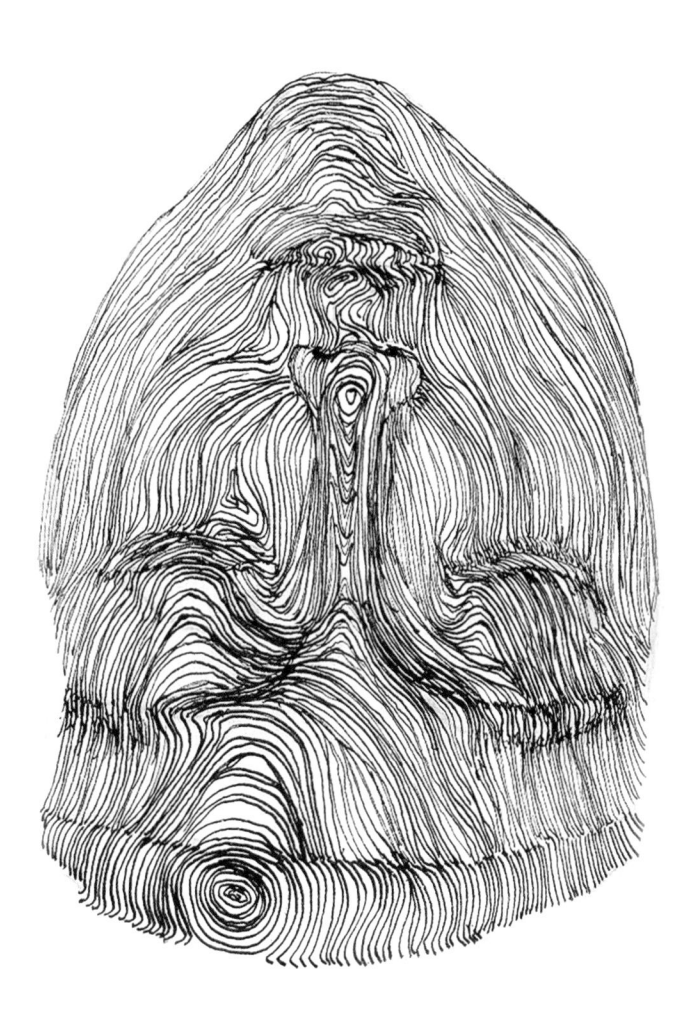

幽闭之小

红蓝铅笔

# 自序·致德拉

德拉，我要告诉你一个秘密：诗歌是你年幼时当作巧克力吞下肚子的一块玻璃。它静静地躺在那里，吸附着最鲜美致密的金属和最零散的漏网之鱼，当它在体内闪亮的时候你的目光也不可比拟。

德拉，它会发甜、发苦，会不停地生长。它懂得蛰伏、切割和不同方向的积聚，却不能够弯曲。总有一天它会将你刺穿，从左眼到右眼，从后背到心脏，从头到脚。

你在被刺穿的时候会看见它映着你抽搐的面庞，你会想象那是虚拟的那不是你，却一定会终于承认，那面庞比其他任何时刻都显得真挚而亲近。你会发现你和崩裂的玻璃一样脆弱，也同样会在崩裂时照见更多重的世界、更千奇百怪的丑态，却学不到它半分的锋锐。它从来没有了解过自己，而你却在它蓄谋已久的暴动中变得清晰。

你是否时常在无梦的夜晚听见自己破碎的声音，我的德拉？有时是很轻很轻的，像玫瑰的嫩芽冒出地面。有时是一下子，然后顿住，像是彻底的开放或枯萎。

听见这种声音你就听见了诗歌——你还觉得它很遥远吗？也许你会误以为那是血液里的冰开始解冻，而其实你并没有错，因为破碎总是蕴藏着流动和重新糅合的可能，因为被你捕获或捕获你的诗歌将会为你重新赋形，也会让你在赋形中感到片刻的温暖和自由。

所以诗歌终归是痛苦的吗？不是的，德拉，它只是势必包含痛苦的过程。可别忘了玻璃的流光溢彩，甚至越是破碎就越是繁华和炫目。你给它黑暗，它就只剩下黑暗；你给它光，它就会顾盼生辉。

让我再向你谈谈破碎。和凝聚一样，破碎也是你和玻璃共同的生长法则。德拉，一点儿也不夸张地说：凝聚是认知世界的基础，破碎却是未来世界的基础。不要相信那些祥和的、一体的、笼罩的、唯一的、浑然自足的和完全协调的，包括你看似封闭且边界分明的身体。

完整性是可怕的。绝对的完整就没有真正的扩张、没有危机、没有颗粒感，就没有如鲠在喉，更没有不吐不快。那完整的假象中不太对劲的正是你腹中多出的、还将继续沉淀裂变的玻璃，那不太对劲的觉察就是你的诗歌。所以有甜蜜的诗歌，有剧痛的诗歌，却没有舒服的诗歌。

德拉，你一定好奇这本书里都有怎样一些玻璃的碎片或切面。或许你最好奇的还是诗歌的形式到底如何回应着那些身体里破碎的声音。这样说吧，玻璃的生长是你身体中的炼金术，而诗歌形式的结晶则是另一种炼金术，一种如黏膜般包裹、临摹、抑制或滋养着你体内玻璃的炼金术。

黏膜会让声音浑浊一点，也会让形态凹凸有致起来，却不会改变光、影和温度。哦，光、影、温度和炼金术，正是这本科幻文学书要向你"当头棒喝"的。亲爱的德拉，希望没有敲疼你，我只是想让你回忆起一些关于魔法的日本动漫，它们曾告诉你炼金术的永恒法则乃是等价交换：只有同等质量的东西才能通过炼造相互转化。

等价，也就没有什么好悲伤，我的德拉。无论它们逐渐长满了你的玻璃，还是你不断刻写下的诗歌形式，都以你的生命为代价，甚至会置换掉你世俗中的幸福。但它们也在赋予你身怀利器的无限光华。

要用多大的质量才能去交换白天、黑夜、气候和季节？要用一张多么透明、多么轻薄的网才能兜住身体里的声音？我不能告诉你答案，只能在我的"季候炼金术"里展示我运用魔法的方式，德拉，你也终会有你的咒语你独门的点石成金。

什么？你说你爱看日本动漫，向往魔法，却害怕听见破碎。——害怕是没有用的，尤其当它已经发生，当它也渴望着你的耳朵。德拉，你仍在把破碎想象成骇人的东西。当你学会谛听，就会发现破碎的声音不只是咯吱咯吱，也不只是噼里啪啦，那是一种非常复杂的音乐。你能听到朋克、民谣、迷幻、布鲁斯、迪斯科，等等，乃至于尚未获得命名或远非类型可以圈套的乐动。破碎是优美的，是有旋律性的，就像被歌唱的青春。

这还只是开始，你是不是已经有些退缩了？让我来给你弹一段吉他吧。这本书里也有着科幻文学必要的音乐，有我所谛听到的时而响亮时而骚动的玻璃之声。我为你弹奏的吉他曲叫作"呆瓜布鲁斯"，有点傻气，有点忧郁，有点苦涩，有点日常的狂想，有点荷尔蒙膨胀的多情。布鲁斯的根源会把你输送到更繁复陡峭的音乐茎块。

聪明的德拉，也许我对你有太多的期待，但那并不是不切实际的；也许关于玻璃关于这本书，我也难以向你尽述，但你眼睛里的玻璃会带领你，反正你也无路可逃。

我期待着你无所顾忌地踏进我摆满实验器皿也充斥着全新物质、异形和碎屑的"务虚者乐园"，我希望你在支离破碎重新组合的化学反应中快乐地解放；我期待着你梦见一把"做梦的勺子"，并学会用你晶莹的目光将它弯曲，就像你把文字变成服从你祈愿之蜜的蚂蚁；我期待着你同我的插画师芮嘉、同制作这本书的Anna一样热爱神话，让割开现实之雾的远古或未来成为你内心矫健的奔马；我期待着你能像我游向他者、爱人与远乡那样游进我的河……哦，不，或许最好别那么像我，我太笨拙了。

德拉，我看见你露出狡黠的微笑。你机敏地注意到我漏掉了什么，因此会特意在我书中寻找关于玻璃与少年的直接意象。你懂得作者的诡计，他故意漏掉的也许是至关重要的，他声明的也许是误导的，在赫然"玻璃与少年"的名下也许却没有玻璃也没有少年。

但我却至少看上去很诚实。我让弹珠少年、眼睛、鱼缸、水晶、鳞片、车窗、铁皮、镜子通通出现在了那个特别叫作"玻璃与少年"的地方。在少年与弹珠的对视中，你会发现一辆通往成人世界的列车呼啸而过，掠走了那视线中的水晶。车窗外还有一条照着镜子的鱼，它跟随列车的行进一路悲伤地往后游去，耀眼的鳞片化作生锈的铁皮。

我想，你大约猜到了玻璃与少年的关系。而我却仍在疑惑。我只知道玻璃、眼睛与少年都必须迎受死亡，却不必老去，没有老去。我确信被玻璃俘获的你会永远是一个少年，或永远爱着一个少年。

德拉，不可避免地，总有一天，你和我都会完全被玻璃所覆盖。人们只会透过玻璃来观看你，早上五点的你和下午四点半的你都各有色泽和面目。你想用文字和形式证明的一切都会再次凝结和消散在那剔透的、还会继续连接和生殖的玻璃矩阵中。

你想大声呼叫："玻璃是从我身上长出来的！我是我！"但没有人听见——他们只是津津有味地看着玻璃，看着穿过玻璃的光线中的你。

玻璃真的也不是你的，它原本只是一块巧克力。

马克吐舟<br>2018 年 9 月 10 日

# 序言·用玻璃造物

少年的口袋里揣着玻璃球走在大道上,心里却思考着死亡的哲学。玻璃球在口袋里跌跌撞撞,最终溢出口袋,在太阳光的反射下发出耀眼的光芒。拆毁重建,德拉是他用玻璃造出的一个器官共同体。

玻璃是透明的、纯粹的,它在词汇上和少年形成完美的呼应。《玻璃与少年》是纯粹的、热血的、革命的,从中我们能见"五四"的影子,也可见作者的古文修养和先锋气质。这里的少年,是少年维特、《麦田里的守望者》霍尔顿的一个缩影,纯白心灵和肮脏世界的明暗对照下,最终让少年摔破罐子骂骂咧咧起来。

"在到处都是玻璃的地方/玻璃已经不是它自己,而是/一种精神/就像到处都是空气，空气近于不存在。"① 马克吐舟的诗歌在一树一树的诗歌群里，也不是一种诗歌，而是一种精神。这精神是五四的、革新的，是为了正义和明天而摇旗呐喊的。五四时期，鲁迅的《狂人日记》革新了白话文，他采用狂人呓语的方式来写作，于是从纸面上萌生了一种梦幻。这梦幻是疯狂革新的，是自由呐喊的。马克吐舟也在纸面上创造了一个梦幻王国。

在马克吐舟这里，诗歌是一种科幻文学，诗人会去想象一个完全不同世界。这种想象与现存世界的秩序完全不同，它是疯狂的、有力的、革新的，与癫狂之间只存在着一张纸的距离。海子在这个想象的世界里书写着断头骷髅，顾城在这个想象的世界里想要一支彩笔来重新书写，戈麦在这个精彩斑斓的疯狂世界里走向未知的死亡。马克吐舟的想象是一把锋利的刀子，隔开人体的各个器官，让眼睛、胸脯、胳膊、肠子、头发……跳跃成一个独立的个体，然后开始放声歌唱。从这种想象中，我们不难看见马克吐舟独立、自由的精神，从这种身体器官的切割中，我们也不难看见他的造物力和死亡力。

"透明是一种神秘的、能看见波浪的语言/我在说出它的时候已经脱离了它/脱离了杯子、茶几、穿衣镜，所有这些/具体的、成批生产的物质/但我又置身于物质的包围之中/

---

① 出自欧阳江河的诗作《玻璃工厂》。欧阳江河：《透过词语的玻璃：欧阳江河诗选》，长沙：湖南文艺出版社，1997年，第65页。

生命被欲望充满。"①马克吐舟用透明的玻璃割开了身体，身体变成具体的器官，而生命正是被器官所充满的，马克吐舟所向往的是一种崭新的生命，像是尼采超人般的重生。身体的器官在蹦蹦跳跳地叫嚣着独立，但它们却期待着统一的联合体，在这个巨大的联合体中，它们才能真正地独立行走。

"语言就是飞翔，就是/以空旷对空旷，以闪电对闪电/如此多的天空在飞鸟的躯体之外/而一只孤鸟的影子/可以是光在海上的轻轻的擦痕/有什么东西从玻璃上划过，比影子更轻/比切口更深，比刀锋更难逾越/裂缝是看不见的。"②在书写器官的过程中，器官在飞翔、叫嚣，其实是马克吐舟的身体在分崩离析，语言在幻想中游荡。他是幻想飞翔的少年，但是伤痕累累，即使细小的一片叶子，也能遮住他的整个春天。马克吐舟的诗歌是另一种"伤痕文学"，其中包含着怪兽般的忧郁。他在巨大的青春期灾难来临的时候，开始了一种口水俚语反叛，这种语言背叛了句子的逻辑，他因此创造了一个新的语言秩序，也是一个看似混乱，但却崭新的新世界。

自白话文变革以来，写作语言发生了很大的变化，其中重要的一个时期是文白夹杂，即文言文和白话口语的夹杂，鲁迅、冰心，以及湖畔派、象征派、新月派都可见端倪。这种文白夹杂正是语言的变革游荡，马克吐舟也试图在语言上进行变革。

---

① 欧阳江河：《透过词语的玻璃：欧阳江河诗选》，第66页。
② 欧阳江河：《透过词语的玻璃：欧阳江河诗选》，第66页。

马克吐舟的语言不仅是古典的，而且是先锋的。马克吐舟的先锋性质无须论证，因为诗歌处处都显示着他身为一块玻璃的锋利。如他自己在《红蓝铅笔——致我的百廿岁》中所说："河岸只剩有一支铅笔，鲜红似血，隐隐有剑的锋芒。"他正是带着这锋芒的铠甲作战的。

他写《城南绝句》，旧题新作，又如《别裁集》标题为《鸟鸣涧》《汉广》《谷风》《归雁》……题目取自古典题材，而他在古典题材的基础上，进行现代诗歌的写作，这在很大程度上是对现代派、九叶诗派的继承。他对古典语言的运用有模有样，如《鸟鸣涧》："是闲，遂在意木樨花落/还是不经意，裏挟春山寂寂/桂子即若静谧下沉的内息，和夜/和巢中鸟儿倦乏的翎羽？"——"闲""遂""裏""挟"，他多用古代汉语的单音节词，句子凝练深长。——"木樨花落""春山寂寂"，四字短语的使用使整个句子富有节奏感。

马克吐舟的短句，只有一个字，可见《美黛拉》——连续几个开头都是一个字，但这个字与下一段之间有词组词义上的联系，比如"距/裏装着锡箔的天气""弹/空旷的耳朵坠落、伸展""你/不可一世的你——美黛拉"，这种句子划分富有节奏感，使读者的视觉上在换行之间有一个停顿感，这让读者在阅读文字时就像听音乐一样。这种短句同样可见《杀手小夜曲》。

他试图在短句与长句之间找到一种韵律，于是尝试每段第一句重复的写作。比如《云中书》四小段开头都是"下雪了"——

"下雪了/地下的心都沉睡了吗""下雪了/亡灵开始喑哑地歌唱了""下雪了/你会不会/爱上隐没的罪恶那样爱上我""下雪了/雪落在雪上/你会不会忘掉桦木的棕色那样忘掉我。"这种重叠式的开头,为他日后的歌词旋律的写作奠定了基础。

马克吐舟的长句可见《在地铁上吃火腿肠的女孩》《咯吱咯吱》《鸵鸟日记》《士林官邸》。《士林官邸》的一个句子"真理在他们的旗杆上打转,而一啸而过的贵宾舱接住我,被旗杆戳破的油桶已焚起我不守规矩的太阳。太阳!在喉咙上方的悬崖翻滚成干涩的月白"长达六十个字,像是诗歌向散文过渡的散文诗。他在长句子中念念叨叨,把火腿肠比喻成生殖器官;用"咯吱咯吱"的响声把我们带回鲁迅的《肥皂》;用鸵鸟暗喻把自己藏躲在荒漠之中。马克吐舟在这种长句中,完成了叙事诗歌的写作,词语在跌跌撞撞的节奏中,最终像奥德修斯一样找到自己回家的路——深藏在德拉肚子里的玻璃,终于生长成一块大玻璃。这块大玻璃是锋芒的,穿透力十足地指向对生命本身的叩问。

"我想要埋葬,效率/处决一切的无情诡计/这时间的手腕/铅笔/要我埋下你,容下种下你?//若把你弃置于土中/生根发芽,高塔林立?/若把你遗失于风中/行云流水,羚羊挂角?/若把你种进我灵府的巢穴/溢满意志的丰沛霞光?"①

---

① 出自马克吐舟的诗作《红蓝铅笔——致我的百廿岁》。

马克吐舟也仿佛是在沙滩上造物的，他一边用沙子堆房子，一边推倒重来。他一边造物，一边反问，他像是在漆黑的死亡大道中呐喊。这呐喊为自己壮胆走路，也为了震撼太阳的光芒与它一比高低。

这一切恰如欧阳江河在《玻璃工厂》中提出的疑问的解答——"在同一工厂我看见三种玻璃：/物态的，装饰的，象征的/人们告诉我玻璃的父亲是一些混乱的石头/在石头的空虚里，死亡并非终结/而是一种可改变的原始的事实"。马克吐舟的长短句有不同形态，他分割出的器官长出的翅膀大小不同，他要的自由和放荡不同……而这一切，都是为了让玻璃进入熔炉里融化，然后造出一个新的共同体。

《玻璃与少年》是年轻的，玻璃是德拉幼年时吞下的一块巧克力，这块玻璃生根发芽，长出丰满的棱角和透明的心灵，德拉以它为傲又惊讶于它。马克吐舟就是拿着这块玻璃造物的，他造透明的心，也造乌黑的发；他造器官，也造血管；造能游泳的河流，也造务虚者乐园……当事物凭借着想象被造出来的时候，马克吐舟也惊讶于德拉的庞大和异形。

白　尔
北京大学青年小说家、诗人
2018年9月14日

# 目录
## CONTENTS

自序·致德拉 —— 1

序言·用玻璃造物 —— 1

### 季候炼金术

序诗·学生诗 —— 1

冬日炼金术 —— 3

雨中曲 —— 5

云中书 —— 8

雾·雨·电 —— 10

加布里埃尔之歌 —— 12

雪与血 —— 13

席·梦·思 —— 15

美黛拉 —— 17

跟白天过不去的人 —— 19

### 呆瓜布鲁斯

原始人布鲁斯 —— 22

我坐在冰凉的马桶上想你 —— 27

在地铁上吃火腿肠的女孩 —— 29

咯吱咯吱 —— 31

鸵鸟日记 —— 33

花和尚 —— 38

阿弥陀佛 —— 41

骷髅行 —— 43

天真的混蛋 —— 45

屁股之歌 —— 47

—— 49

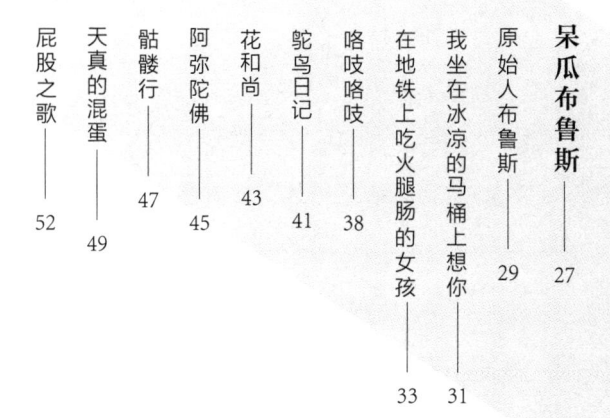

—— 52

# 目录
CONTENTS 2

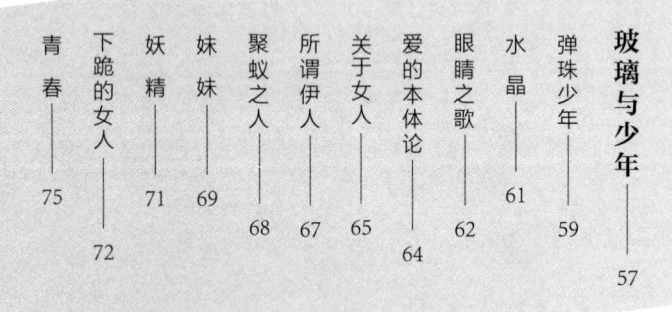

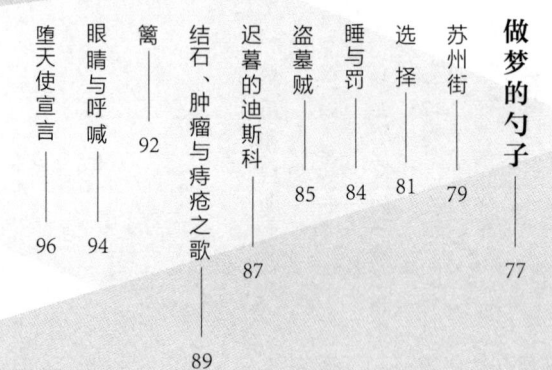

## 玻璃与少年 —— 57

- 弹珠少年 —— 59
- 水 晶 —— 61
- 眼睛之歌 —— 62
- 爱的本体论 —— 64
- 关于女人 —— 65
- 所谓伊人 —— 67
- 聚蚁之人 —— 68
- 妹 妹 —— 69
- 妖 精 —— 71
- 下跪的女人 —— 72
- 青 春 —— 75

## 做梦的勺子 —— 77

- 苏州街 —— 79
- 选 择 —— 81
- 睡与罚 —— 84
- 盗墓贼 —— 85
- 迟暮的迪斯科 —— 87
- 结石、肿瘤与痔疮之歌 —— 89
- 篱 —— 92
- 眼睛与呼喊 —— 94
- 堕天使宣言 —— 96

# 目录
## CONTENTS 3

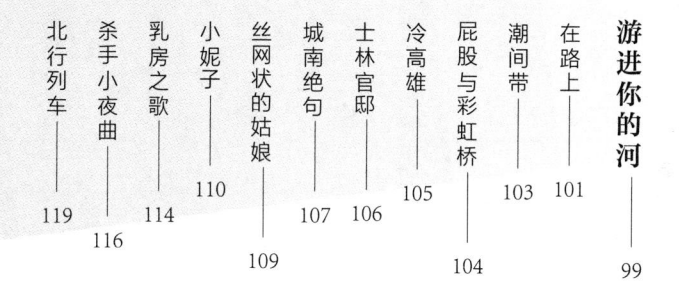

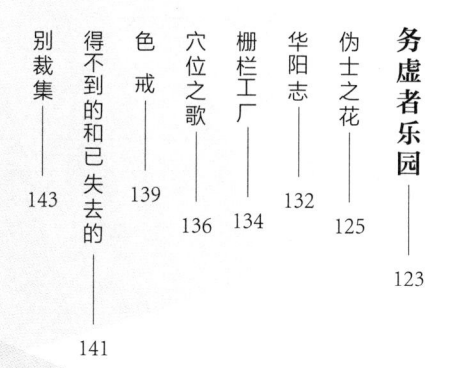

### 游进你的河 —— 99

- 在路上 —— 101
- 潮间带 —— 103
- 屁股与彩虹桥 —— 104
- 冷高雄 —— 105
- 士林官邸 —— 106
- 城南绝句 —— 107
- 丝网状的姑娘 —— 109
- 小妮子 —— 110
- 乳房之歌 —— 114
- 杀手小夜曲 —— 116
- 北行列车 —— 119

### 务虚者乐园 —— 123

- 伪士之花 —— 125
- 华阳志 —— 132
- 栅栏工厂 —— 134
- 穴位之歌 —— 136
- 色戒 —— 139
- 得不到的和已失去的 —— 141
- 别裁集 —— 143

# 目录
CONTENTS 4

**发情的神话** —— 149

希绪弗斯与巨石 —— 151

幽闭之小 —— 154

普罗米修斯 —— 155

迷　宫 —— 156

Fallen/坠 —— 158

红蓝铅笔 —— 161

后记·疯狂中的上帝 —— 183

# 序诗·学生诗

学生诗另有门头,文选离骚一笔勾。

扭肚撒肠腌腊句,山神说道不须诣。

——志明《牛山四十屁》其一

我在忘川的筏上晕厥

像一株轻巧的植物

被它自身以内的水催眠

纱巾从耳中的翁滚出,留有雷声的名字

——它怀念的骤雨湮没无闻

对岸烟柳,浣词语的女人

把那记漂流的轰响擦得透亮

喉结比梦更早苏醒

它奔突,逆向推进木筏与躯壳的暗流

一如所有的球类运动

朝虚无的栏框拉紧了弦

它认识那个女人，拥有过她，少许

也决定背她而去

词语锈了，在亚当的苹果里，不论青红

都是一场另有门头的


腌臢。一把灰

水一样地浇洒于厚土

我没有森林，就点着植株，无从

捣衣，就鞭笞锈蚀，以

道道斑痕研磨它不再锋利的

心跳，如我的心跳

凛然呛鼻地断续

# 季候炼金术

冬日炼金术
雨中曲
云中书
雾·雨·电
加布里埃尔之歌
雪与血
席·梦·思
美黛拉
跟白天过不去的人

## 冬日炼金术

在沙发的最里边
你发现你的皮肤和真理一同变暗
无数虫子的尸体炼成的光
从鼻孔吸回你眼中的湖心
一朵刚刚漾起的涟漪却逃了出来
混入冰箱里
像不远处的春天那样摇曳的水草

加湿器喋喋不休的水柱殴打着北方盗取的温暖
它说它就是光,就是
逆向生长然后发散性思考的河流
是这个季节的情绪里最有颗粒感的不服气
凛然灌溉着嗷嗷待哺的霉菌和惶恐

暖气管道里的嗓子刚想叫出声来

就被表芯中的十二指肠掐灭了火

烟缸的灰头土脸、被子未经折叠的笑意、口香糖越来

　越索然的执拗

没有什么是齿轮间蠕动的暗影所不能吸收的

不要试着喊出的神的名字和

鞋柜的胃


哑铃果然沉得住气

只顾思考着镜子里的口罩在装聋作哑和阻隔加湿器病

　毒方面的奇效

想着想着，不觉更加含情脉脉地

搂住了歪倒在它身上的板蓝根冲剂

它们的爱由来已久

它们洞房的祈愿日夜低徊——

"为了健康，举起我来

并且记得，多喝点水"


隔墙的洗衣机适时转动了起来


在距离拥抱的最远处

你想象你自己的表情像发胖的风、用旧的性一样冷淡

一个窈窕的发现突然强吻了你：

没有不经踩踏便高谈阔论的地板
正如绝无不用流泪就闪烁的金子

还真是

2018年3月19—21日

## 雨中曲

你从来喜欢下雨

雨落下来,你的伞也落了下来

所有不够诚实的伞都落了下来

你带着伞

就像带着无用而美的必需品

就像带着我的心

而你离开的时候仿佛骤雨初歇

我想象

你走在雨中就像拂过天空的头发

你被雨水淋湿就像小桥上叮咚踏响的木屐

我想象你听着雨是听着婴儿的睡意

你从来记不起拥抱的感觉

却在那场雨中的阳台抱着我

像是抱着一个被淅沥的爱恋所腌渍的大萝卜

风把我纤细的刺鼻卷上你伏在我肩膀的脸颊

你像是在摇篮曲中那样摇摆、呼吸——

从我洁白如柱的身体滤过的呼吸

那就是拥抱的感觉

那就是今后的所有萝卜

都会向你提示的：

拥抱的味道

又下起了雨

2018年5月8—10日

## 云中书

下雪了

地下的心都沉睡了吗

关于明天、来年的梦

是不是都在种子胸脯的晴空里破开了

一次新生,就有一个

厚实如衣的秘密

被戳穿

下雪了

亡灵开始喑哑地歌唱了

天堂的哮喘问候着人间的感冒

捧着浓痰的女孩微笑着

黑色的指甲插进潺潺作响的鱼腹里

被掐断的烟是微醺的

下雪了

你会不会

像爱上隐没的罪恶那样爱上我

不同面目的屋顶、暖炉

有什么区别呢

下雪了

雪落在雪上

你会不会像忘掉桦木的棕色那样忘掉我

2017年1月16日于CA1435[1]

---

[1] 国航航班。

## 雾·雨·电

许多短暂的愚昧——也就是你们所谓的爱。

——尼采

不要在雾中摘下红莲

它还睡着,你就信以为真

不该在雾中把电换作长烟

然后准许乌云走远

再想念你

是需要很多雨才敢犯下的罪

我却在晴天撑起伞

倚着水龙头烘烤全身——

一个急刹将眼镜打滑

2012 年 2 月

# 加布里埃尔之歌

我的故事被讲成

每一个词语中的爱尔兰


等一支歌

旋过烤鹅与啤酒,琴键

与腔调,静谧地踢踏

穿衣镜里的潮红


我就搭乘逝者的列车枯萎

又从死亡的毛玻璃

凿开一口流光的热气

让幽灵的青葱


抬高我鼻梁的镜架,看——

整个她都在下雪

这次，她不是爱尔兰
我也无须鼻梁上方
飞出故事的雪

这次

她只是
老于我抒情诗里的爱人
而我，只是思慕着
倒挂在她的枝头

她的枝头？
我本就是枝头
啄食着
与虫鸟为伴的摇曳

并且，当你痒了
我破雪抽发
最尖绿的新痛

2013 年 1 月 26 日凌晨
2017 年 1 月 7 日微修订

# 雪与血

袜子上的血迹干了
锈还在空气里：锥子和锥子
斗大的窟窿鼓着腮，给纸蛹里的人
倒灌一柱如在过往的喊杀声，一柱用香烟
点着毛皮的大熊星座

漫天的纸屑震耳欲聋
用闪现扑打着灯光的文字
狠狠念出大地的严寒
你排开腿，把田垄锯成一条条狂妄的标语
谁的唇齿破败

纸蛹里的人说要不停地下雪
要封住那张写满鸽子并且只懂得鸣叫的床
而你身上的窨井冒出白烟

在某杆被旧事拽得越来越长的烟枪上

苗条一次鱼类的飞

袜子上的血迹干了

你看看我

看看烂成桃花的脚印里伺隙如竹叶的蛇

像不像个

装不下火胎的药盒子

      2014 年 1 月 25—31 日

      2014 年 12 月 30 日改定

# 席·梦·思

席梦思上的人浸在花露水中
针织星球又大又圆,像膨大剂孵化的西瓜
在长方体的帐子里公转自转
无数个寒暑、昼夜挑拨着左眼皮,哦——
那些属于自宫者的
卤蛋的魂灵

蚊子、蚊子、蚊子,仍有太多的蚊子
花露水的海上从无渔网、扁舟,也不生青蛙、壁虎
这天海一色的星空,仍有太多的
金龟子、独角仙、天牛、粉蝶、七星瓢虫
它们循掌纹钻进浮游者的寿命与尊严
财富与性爱,嗡闹着
让熟透的瓜瓢背负黑子,并为之
击穿:不止七颗

席梦思上的人

发条般地翕张着眼

掀起一个个空调炙烤过的浪头

（梦和思以外的）

不绝

不绝

      2013 年 7 月 21 日

# 美黛拉[1]

距

裹装着锡箔的天气

离

割下爱的奢侈品

两万里

炙烤着被穿过的玻璃体

昨日拥挤 再会无期

你

不可一世的你——美黛拉

那道光

让我们变老的光

昔往矣

---

[1] 本首诗歌已谱曲,见马克吐舟音乐专辑《空洞之火》。

荒漠、惊鸿、玫瑰，在我心底

如影随形

弹

空旷的耳朵坠落、伸展

指

掰数着无以重新的开始

一挥间

同样的表情不同的表演

抽动着脚步声的皮鞭

你

不可一世的你——美黛拉

那道光

让我们变老的光

昔往矣

荒漠、惊鸿、玫瑰，在我心底

如影随形

我

不可一世的我

那道光

让回忆变老的光

深海里

翻卷、烧灼、滞塞、忽梦忽醒

向你游去

距离两万里

弹指一挥间

# 跟白天过不去的人

1

跟白天过不去的人
哐当着起重机的脖颈
上吊起黑手帕，几针银色斑点和水花
并在蚊帐一角
戳半轮纱做的月亮
任指甲瘙痒地睁开环形山

跟白天过不去的人
点着酒杯腹中的孔明灯
放飞后半夜的辗转
甚或饮下几绺枯烟
遁往女人眼里的二号行星
桨般的，搅散流窜的银河

2

每枚委身花瓣的瓷瓶

都再难忆起,是它嚼起满嘴的季风

量身吹灭红烛,还是

落英吹起了自安天命的飞舞

那晚,唢呐口状的瓦罐

以一场旧时的婚礼,瓮声瓮气

和片片贞洁的花瓣,闹彼此

素未谋面的洞房

而谁掀动了水的红盖头

垂钓一捧影的娇纵

自从"贼"高攀上采花的驼背

我就彻尾彻头变得贫穷

3

两年了,数不尽

区间住进的香艳与香消玉殒

食指轮流座次,而中指纵火剔除

跟钢管一样粗暴的

光标舞和清白,如同我痉挛的罗曼司

冲印、随即踩烂镜中的相片

复拾起碎玻璃

重塑面目的假象

刀子在凝固中生死循环

"新建文件夹"也不再老去

株连我千万弹指间的焚身

纵跃,收束,曝光,行尸走肉:

又一季春风吹又生的惘然

4

爱是一对发育未果的睾丸

按摩初潮前的子宫

并装进渐渐结膜的蛹

跟蒸馏香料一样气定神闲

上帝敲响惊堂木

宣告提纯的实验经费充足

但从不把虚无及

虚无的替代品算作变量

扒光丘比特的庞然大物

不轨地吟啸魔笛

于是体液又一次浸透大脑皮层

呼哨般湮没

5

把器官和荒谬折叠成哄堂的砝码

彼此捉弄对方，互相憎恨

七伤拳取悦了多少具雪白的牙齿

耳朵花枝乱颤让

暴力在共振波里温润如玉

出走圈套，你又开始琢磨羽毛，可

谁不是体无完肤

即使漫画搭档右脑

"谁会真正记得我们的丑？"

2011年9—11月

# 呆瓜布鲁斯

原始人布鲁斯
我坐在冰凉的马桶上想你
在地铁上吃火腿肠的女孩
咯吱咯吱
鸵鸟日记
花和尚
阿弥陀佛
骷髅行
天真的混蛋
屁股之歌

## 原始人布鲁斯

想着你，我总是忘了
为着相互拥抱才学会的
直立行走
我在四足奔突中丢失了你穿织的草裙
留得那根长长的玩意儿
在时代的上面晃晃悠悠
恍惚之后，我暴怒地杀死了
那只双掌离地、扑面而来的棕熊
它的怀抱也多么温暖
可它的模仿不可容忍

要烤熟熊掌我钻着木头、木头、木头
直到十根手指生起火苗
我带回那些罕见的舌头，第一次舔亮了我们的巢穴：
岩壁上的苔藓、爪痕、蜥蜴，身份不明的头盖骨，单单

没有你、没有你,无论我离光多近
近得烧干了
眼窝里总不知为什么
如星球般转动不止的油脂

我对芒果树说,你快开花
快结出更大更甜软的果实
我枕着芒果就像枕着你金黄的乳房
就这样,火熄灭了,夜来临了
我把半截身子埋进土里沉沉睡去
我看见你的手掌从我的肋骨重新长出
如同抚摸着我鼻翼的芒果树叶

蜂鸟把晨梦啄醒
我翻过身,芒果却稀烂了
是的,都稀烂了,我不知道
什么时候会跟你一样
在追逐一匹斑马之后就不再回来

2015年2月9—13日

## 我坐在冰凉的马桶上想你

我坐在冰凉的马桶上想你

尿涌时来时去——并不驯顺的沙漏

毛巾的图案令人生疑，何况有风

使暧昧长满芦苇

你，就在条纹泅出的脏

在风刮过许多个落日的耳光里

洗把脸罢

水龙头的悲哀像根过于凝练的绳子

无法收拢，无法绞死地下的梦呓

浴缸竟也满了

我坐在马桶上想你时学会了磨牙

磨着牙膏味的冰凉

浴室：这城市挤出的白带

那锯在时间上的声音与你的目光类似

舌头一遍遍嚼烂，一遍遍重生

那多汁的——

如被纺锤吞下的耶稣

失禁罢，钉子，言语

我擦干净屁股时也将那些冲走

哪些

还将生生不息

脚竟又麻了

      2014 年 11 月 1—8 日

      2014 年 12 月 18 日改定

## 在地铁上吃火腿肠的女孩

你咬开红色的包装纸沉浸在极便宜的幸福里
像是一节节地,往肠胃种下一根笋
在咸酸的急雨后抽发成你胸中的茂竹
好让你在有如慢炖的下一个任务里
抑或对正餐的等候中
沉着如蜜

所有人大腿上的肉在地铁加速的时候仓皇抖动着
目光飘移的男青年克制着裤腿剥开的强烈意象
不自觉地吞着唾沫挠了挠耳垂
他想象的弹性比火腿肠的弹性还要高
尽管他的腿早已和大部分顶着钱包的腿一样
站得发软

你突然露出诡秘的神色,从快餐的口感中

品尝到了渣男的肉味

火腿肠里的肉不就是渣么，搅得很细腻

挤了压了加上香料包装一下

就变得方便而爽口

渣男就是这样，有着粗制滥造的细腻感

适合在几站地铁之间享用

你也总是这样，能在恰当的时机拿出对的肠

却不能在恰当的时机碰上对的人

更不能在必要的时候掏出一把枪

也许有钱了，你也可以

是的吧？


地铁耸了耸背，又有几个人东倒西歪

你的半截火腿肠仍稳健地握在手中

一个比喻陡然撞进你的脑门并让你感到惊吓：

世界是个碾肉场

嗯……

如果说是咖啡机的话会不会好听一点？

香气浓郁一点？

对于上帝，我充其量就是根吃剩的火腿肠吧

也许别的一些人，领导啊大老板啊什么的

能算是米其林餐厅里的一道丸子菜或者土豆泥

会是牛排之类的吗?

嗯……不会

至少在碾肉场的这个比喻下不会

活着嘛,千刀万剐的,谁能留下个一整块儿呢?

都得被弄碎了吧

这样对我们会很痛

对于消遣我们的嘴巴却很smooth①

"Smoothie②,呵呵"

除了长一点,地铁和火腿肠有什么分别呢?

听得很清楚也愈加克制不住的男青年思忖道

都是人类需求的传送带

传送的,不外乎是虚情假意的饥饿填充物

或者也不那么情愿的劳动力smoothie

真甜呐……

在高楼大厦大街小巷的血盆大口九曲肚肠里

谁又比谁更有营养呢?

只不过地铁能吞能吐

火腿肠却还吃不了人

它绷着脸,绷着衣襟

---

① 顺畅,光滑。
② 善于讨好女人的男子,水果奶昔。

绷着丰满的圆柱内部罗织的网
却仍不免更多成为别人的猎物

人们又在争先恐后
猎捕着座位,抢夺着扶手
生怕让别人占了便宜
这便宜虽然可能比火腿肠还要便宜
但也总好过让自己觉得亏了什么
缺少了点什么、赶别人差了些什么
身法矫捷却仍旧败下阵来的大叔
在狭窄的人缝里暗自慨叹着
煮熟的座位都飞了……
竟羡慕起身侧的女孩手中
那根不用煮熟的火腿肠
要是有一根挺拔而缓慢消耗的东西握在手中
人总会安全感倍增的,神色也更自若一些
要是每一个人都带着火腿肠上车就好了
这样我们在人潮的漂流中就都有个念想
都不落空。即使落空了
肚子也服气

要是人能够食用自己就更好了——

屁股抢先大叔一步并深知他内心活动的我接过他的思绪：

就更好了，伸出火腿肠一样的手指

吧唧吧唧嚼完、吸收

再通过光合作用长出来

能量守恒，不增熵也不减熵

这样在地铁或者别的传送带上

我们都不会寂寥了

也都作为真正的植物人

而彻底自足且自由了

2018 年 5 月 21—27 日

## 咯吱咯吱

鸽子，你铁轨的家有隆隆的野兽香味
像悬在半空的塑料袋，兜着同手机信号勾肩搭背的
　脚步声
炖着民主自由汗渍喘息连同你小命的轮嚼开你肺腑攒
　簇的口香糖
吹起今日行情里
又一个油光锃亮的泡泡，比羽毛能飞

鸽子，你清闲极了
弯下身子，多少车辆的底盘给你黑暗、光明、温暖、飓风，
　一生一生，离弦之箭
你也昂首挺胸，腆肚皮，踱正步
啄获薯条后露出无人发现的得意神情，在被相机撕碎
　的城市里发亮
踢踏而来的高跟鞋却忧伤了你——

那只来自岛屿的母鸽子哦

于是你的脖颈随前仆后继的皮包贪婪地甩呀甩

如同百老汇大街中央

操起hip的镰刀hop[①]的锤子控诉着资本主义的疯子

手里只差一面红旗

鸽子，你在帝国大厦七十六层的玻璃窗口解过手后有
　　些眩晕

而你头顶的人群并不觉得，都提好了裤子

夜色真美

你下面的星星比你上面的多

说起上面，一泡浓痰就砸中了你的太阳穴

你咯噔想起无数个远房的上辈子撞向机身的汹涌瞬间

那时痰里咕嘟着百事可乐的乘客也并不觉得

鸽子，你铺张在贫寒的铁轨上

是要说，纽约，我就回来

等你醒了

　　　（打着隔世的灯笼）

或者刚刚睡着的时候

---

① hiphop：说唱，嘻哈。

（血肉和模糊飞过铁梗中无尽的巢穴和黑人兄弟厚嘴唇间的"你好"）

2014 年 2 月 10—22 日
2014 年 12 月 28 日改定

## 鸵鸟日记

红酒瓶塞拔开着嗤笑我时

并没有想到它循矩的封存、海平面与弃置以外

我，作为钥匙的存在

长颈鹿被天空收买，在致密的气网中自以为晃悠

所有的花朵把生殖交给折断年岁的指间

蜂刺，却不足诱迫我

吐露一场春雨


我的喉舌，早碾碎于每一个追着日暮的马车发足狂奔

　　的荒漠之轮

脚掌雷声轰隆，黑磁铁般向那些锈蚀的守夜虫蛇探问


我的锁扣是乞力马扎罗山顶的白雪

链子是一片虚无，仙人掌的茎脉，或者那条我饮水的

　　地下河流

我的命运在更深处，再深一点……

而另一头，亿万年的星云投下的光斑
正烙在我真实得沉重的羽毛、鼓胀起火苗的腹部
和跟窒息猜拳的眼珠

我的命运在更深处，再深一点……

我裸露在外的屁股像被河岸流放的芦苇
在劲风中守望着大地齿轮转动时那幸福的收割
在那个钥匙转动的时——刻——
被颠倒的重力倾覆至我坐标的，爱笑的瓶塞
请按你一贯的命运
塞进我的为红酒洗净的屁股中心

说不定：一切也由你开启

2014 年岁末

## 花和尚

喝了一肠子海
拉了两盅盐
才摸着腹中如名不副实的海马般蜷曲的暖
那是行者抵达不了的金色背脊——
阳光挟持下涌动不止的冰块与山脉
活着的,没有边际与寿命的水

吃了开门闭门的羹
撒了半辈子路
一尿到底的少,多如蚯蚓
全身都是当断则断的尾巴,仍扭不出
穿结如衣的穴居
穴外是光不是岸,回头亦不是岸
喝了海吃了羹的肠子没断
就到不了天涯

兜里也曾揣过几两碎银子

裆里也曾揣过几瓢嫩女子

至于心底可曾见过几遭真如来

我双手合十，巧笑倩兮

如莲花妙谛。

2013 年 2 月 10—11 日

# 阿弥陀佛

白俄罗斯的军号响了

晶状体别好枪,向解衣的粉白整装待发

当心所有美丽动物的中年,包括东北虎

流水宴上的实弹演习

嗝毙了四川盆地的肾脏

主权和外太空不分彼此,雨频雨急

FBI[①]袒露的秘密在陪酒女的乳沟间穿行

何必捉弄两朵乌云——房价的生离刑罚的死别——轮
　奸一个国家的梦

来,按全球领袖40℃的金色手势:淡定,停止做梦或
　以为有梦可做

---

① 美国联邦调查局。

读报纸的人

奉命腆着肚子

忙着看也忙着消失

上帝存好上供,打华尔街回来,吞吐了半包中南海

弥勒宿醉半醒,罩上一身合不拢来的制服

酒驾西去。

                2013年7月17—18日

## 骷髅行

那具骷髅：中分
这里，说的骨翼，也是
平步青云的蓬发；
向夜叉打个响指，锯开枭鸟的弦
不偏倚地，以椎上的油垢
在葬满雨燕和夜莺的沟渠里滑行

"中国的齿轮需要润滑"
它操着生前
从足够撑船的腹腔里油焖出来的洪钟
对掌管交通的色光如是说

红树蛙应声接住一口心腹的痰
和高粱的酡红，瞠亮从古代尸首抠下的琉璃眼
磷火就截杀过来——行

超速也放行

一公里外，远见的鼬鼠

鼓掌不露声色地，卸下"此路不通"的标牌

胡须给它疾驰而过的油腻捋得舒舒服服：

不会说出来的

都是好的


那具骷髅：中分

这次，说的黄金分割、分割黄金，也是

跟死灭和流芳都不搭界的快意；

它早早迷恋一种运动：听

折节的骨头

酥软地崩裂

2013 年 8 月 9—10 日

## 天真的混蛋[①]

妈妈，别再说了
没有哪座桥能按捺住脱缰的河
妈妈，承认吧
承认那些不可跨越我们才会走得更近

妈妈，我想不是年纪哺育经验
而是经验让你们变老
妈妈，我也想在同样的阳光下奔跑
以截然不同的姿势

流水线上的队伍那么长
何妨多一个天真的混蛋
未来甚至与我无关

---

① 本首诗歌已谱曲，歌曲尚未发行。

我又何必焦急去管

衣冠楚楚的前途那么堵
何不做一本散漫的混账
用那一种下笔千钧
涂鸦我的一文不名

妈妈,不要操心得太多
我知道我想要什么
妈妈,没有哪段青春不被挥霍
歪长的树照样结果

妈妈,我爱你
可你们的生活有时让我感到悲哀
妈妈,也许我也终会和你们一样
当我不再有力气选择

流水线上的队伍那么长
何妨多一个天真的混蛋
未来甚至与我无关
我又何必焦急去管

衣冠楚楚的前途那么堵
何不做一本散漫的混账
用那一种下笔千钧
涂鸦我的一文不名

妈妈，唱出这首歌
我感到羞耻
为这个时代
标榜的自由

## 屁股之歌

有一天你来到屁股之国
这里飞翔着成群的屁股
它们在天空中齐声歌唱
唱哑了肛门就摩拳擦掌
就电闪雷鸣就风雨大作

你来到屁股之国
卸下了你的屁股
连同那条无暇扒下的
大红色内裤
你将屁股举过头顶
让它和绝大多数
迎受着阳光的花朵一样骄傲
"我是云朵,是氢气球!"
说着它就高飞

高飞它就说着：

"你要了解

翅膀是愚蠢的

喷气式飞机是超级愚蠢的

足够的轻

就等于飞翔"

你来到屁股之国

原不是为了放生而是为了猎捕

一只屁股

从去年的某个星期天开始

电子秤的指针不再能

精准地度量你的沉重

你常坐卧不安，比称

更加难以承受你自己

你想你需要一款更高端的屁股

它不仅威武雄壮固若金汤

它将是你的另一张脸

拥有真正隐蔽而柔软的表情

它比大脑更善于运筹帷幄

能用团结活泼

的排泄，把你轻成

马桶圈的严寒之上

优雅的磁悬浮——

"宇宙这才摆得下一尊沉思的旅人"


你来到屁股之国

燃烧了好几管曾经从屁股

进入你身体的灯光、消毒水和微量元素

仍然够不着

头顶高悬如明镜的优等物种——

你从来不懂得天空，甚至

连踮脚都有点忘了

"枕头！""白萝卜！""外星信号接收器！"

没有哪只好屁股回应你的命名

它们忙于为自己歌唱：

"我亲爱的表兄乳房

扒下文明

我们其实一样

从我那儿进的也从你那儿出

从我那儿出的亦为众生食粮

你施与了多少未来

我就接纳了多少过往"

"我的屁股啊，你快回来！

没有你我终于散作一盘

被牛顿吃剩的果核

风起了

那根最小的指骨纹丝不动

像要执意抠进

地心引力的静脉

"我的屁股啊，你快回来！

你脱下了我

却忘了脱下

我的大红色内裤——让它回来

像一面旗帜那样盖着我

让我像领袖那样湮灭

或者破土重生

"我的屁股啊，你快回来！

你脱下了我

却不该忘了那个女人

曾把她同样美丽的阴晴

穿在你的表面，甚至表面的里面

一如百元大钞上

簇新的水印"

有一天你来到屁股之国
这里飞翔着成群的屁股
你揪住因心软而归来的
原装屁股将它安回原处
盘算着借它之弹力飞升
好捉住你相中的好屁股
你却没有算到你的沉重
会让它又变得多么干瘪
于是你绷紧弹弓般绷紧
自己往后坐去准备发射：

只有你的头发弹了起来
一毫秒，其余的，只剩下
一个坑，深深的，将你
如此温暖地包围

2016 年 3 月

# 玻璃与少年

弹珠少年
水　晶
眼睛之歌
爱的本体论
关于女人
所谓伊人
聚蚁之人
妹妹
妖精
下跪的女人
青　春

# 弹珠少年

车轮下：一枚玻璃球
童年的眼睛
朝日落以后的平原瞪视

少年像汽水瓶中的浮沤
动也没动，眼睛对眼睛
说：伸出手
压成蹼
也更宜游弋于方舟之外
滔天的
金津玉液

走钢丝的人，有时
也忘了向香蕉皮致意
少年还没来得及弹珠般地

为断在脚底的指甲

引退一次后仰翻的跨进

已被伪劣钻石

比玻璃更透明的光

打偏

回来时

玻璃球中心的黑色瞳孔

从一个弯腰的角度

妖冶欲滴

少年以掷出的腿按捺心念

仍然没躲过

眼白空虚的侧击

炎寒不定，风起

下水道里叮咚一声

少年呆立于车轮空白的暗影，把心

交给一夜的惊鸟

2013年2月16—18日

## 水　晶

水晶尝了一口你咸涩的雨

突然羡慕起脱缰的春潮

（那一股脑儿的，纯粹的杂质）

赤道的天气也像你，怎么就抽

噎了肯尼亚山的冰雪

任寒流穿过身体

在海边扎破夜色的手指？

脚旁歪斜的沙漏也像你，怎么

就不塑封难以下咽的水

还要淌过真实

和真实的错失？

2012年4月24日

## 眼睛之歌

二十五岁的那年我终于拧开了我的眼睛
就这样,塞满裤兜的词语都撒落了出来
叫嚣着
争相翻找、寻衅
直至化入诸物的脸谱

每天晚上,当星星(多么驯良的名字!)
刺瞎了天空的守口如瓶
我就让目光——它是不是眼睛的血、太阳的血——
漫过天花板
泡烂早已遍体鳞伤的隐秘:
所有烟消云散的东西
都在带刺的网格中固定下来,甚至灵魂
而我看见我躺在猎物中间

三十岁的那年我终于缝上了我的眼睛：

这玻璃球、反光镜，幻觉的缔造者与傀儡

不再盗取那簇易于塌陷的骆驼，盐、水和火焰

我看见（我怎能看见？）我

清澈见底的干旱在引线崩断的时刻

像蓦然甜软的舌头那样翻卷

就这样，把皮肤交还给皮肤，把沙漠

交还给它最初的浑浊

当刻录机的荧屏

不再为梦的捕获而闪烁

呼吸扼住见证

当糠麸变回粮食

触碰封闭手段高明的逃遁

我便走着那无休无止的夜路

把一个个塞满裤兜的词语

糖果一般地抿在嘴里

2017 年 6—8 月

## 爱的本体论

你也说过爱我

我承认,发这个音时,你的唇像太阳

像邮票、船票、坟墓和海峡未能圈套的乡愁

那不过是一场跌撞的比喻,沿着张敞画下的眉

和越画就越偏离的词根

移开井盖,你就捕获了我的遗忘

2012 年 2 月

## 关于女人

伸向水,并不能
复刻上一轮波纹的回声
你是镜中的海捞不出的针
是月亮泉里捞不出的月亮
水和镜子……

比辣椒更甜的水果刀
比巧克力更酸涩的夜来香
你是好多名字,好少
睫毛上方的深灰
从棱镜的光中裂开的分秒

让光谱,旋转成
梧桐树腰围的错身
或柳枝望向大地的悔恨

谁，痒得一言不发，索性也痛得莞尔，因为
你是裹完心脏后淹留的毛躁


隔墙有耳的哪段床鸣
隔江而望的哪瓢冷暖
你是脉跳出来，就摆不回去的
悬


你，经过身体，永远在经过
你是鼻血中淌开的一无所求
你是他习惯性写下的走开


       2012 年 9 月 25 日凌晨

## 所谓伊人

足够了

我的鞋上粘满水草,河中央

不存在你肉质的渔网,也没有竹筏

点过的眼睛

时间并未烹掉

那条为自己的鳞片所缠绕的鱼

我却吃下它的种子

和刺,所以

古人,别再给我蒹葭折成的哨子

围绕一处缺口

就足以无止境地悠长

2012 年 9 月 30 日夜

## 聚蚁之人

起风了,无户的窗
你仍像那初结痂的剑鞘,何等自然地

闪念出再度相拥而过的蚁群——
它们拂下、如隔岸杨柳般煽动
你的门楣,那发甜的洞口:

爬。挠得

每块空心的胸骨都跃跃欲试
都想找回
那把抽出的剑,都在等待
第二次
回不去、或更深重的刺穿

2012 年 10 月 1 日 凌晨

# 妹　妹

是因为半边身子越出窗户
我才从成年的列车跌回你的站台
散架的骨骼，不见伤痕

我还是登上了你乘坐的列车，虽然
放行了好久，检票员仍盯着我湿透的
布衣和票据——那攒在手中皱巴巴的嬉笑
我没为过去捏下其他凭证
过去也不为我出具曾擦干了汗迹的表情

你开口，列车就行进在糖果、无聊和荧屏的轴间
我的表链从未成为你的轨道
你竟来不及认出我——同一车厢的负累

半边身子早已越出了窗户：

有女初长成

2012 年 2 月

## 妖　精

你，让送给你嘴唇的人
迎娶风暴

为雨水穿透的时辰，他们
仍以牙齿唱歌，不依不饶地

高声部：若非舌头斡旋于坚硬与坚硬的碰击
再无清脆间悠扬的颤抖

低声部：冰霜着火了，谁愿用谁扑灭
金鱼在迷走的夜色中褪下发光的鳞片，或诱饵

全身围作鱼缸的那人，却不知怎地
跌入你眼睛里的一片青草

2012 年 11 月 17 日夜

## 下跪的女人[1]

你匍匐在怪兽的脚下
渴望用忏悔换取自由
怪兽它气急败坏
摆出父母家庭道德的脸谱

婚礼上的你的心毫无波澜
演着一出好戏给亲朋好友看
你终于是他们想要的样子
可你的爱终于风吹雨打去

哦女人，挺起你的身板
你不过是爱上了另一个人
何错之有

---

[1] 本首诗歌已谱曲，见马克吐舟音乐专辑《空洞之火》。

哦女人，你活着不是为了他们

何须在傀儡戏里

糟践彼此的青春

你说早已没有了爱情

只是图个方便凑在一起

你说你也想要逃远走高飞

却有太多力量拽住你往下掉

你说还要多少的谎言

才能让日子好过一点

你说被怪兽打败并不可怕

等待时机成熟再重新出发

哦女人，挺起你的身板

你不过是不再爱他

何错之有

哦女人，门就在左手边

别指望他们放你走

站起来摔门而出

哦女人，困住你的是你自己

因为恐惧

怕赢不了输不起


哦女人，无论你未来选择我与否

我不愿你

出让你选择的权力

# 青 春

别谈灵魂,别谈性
别谈我们从来没有过的东西

等杯缘的红光割伤了耳洞中的时针
你就手淫着忏悔者的喉咙

引擎停顿了一下,继续轮转着味蕾的聚敛
过剩的符号像我们身边猝然熄灭的海浪

说:一只狐狸,死在从来没有收紧的网中
还说:少年在汛期来临的前夜砸着床角洪亮的铁皮

而那个在他梦中强奸过无数次的女人
是不是在趁他不在的时候老了

别谈海,别谈落英

把你最绝望的脸给我:让我揍它

    2014 年 12 月 1—10 日
    2014 年 12 月 24 日改定

# 做梦的勺子

苏州街
选 择
睡与罚
盗墓贼
迟暮的迪斯科
结石、肿瘤与痔疮之歌
篱
眼睛与呼喊
堕天使宣言

# 苏州街

在那条与苏州无关的街道
他的脚步梦见青草
梦见水中
弯曲了所有勺子和足迹的
深秋的眼睛
在爱情中充血
过多的往事装扮成他的影子
带他去向一首诗如同一根骨头的
噼啪作响的断行

时间的脊背耸动不止
在一个尾随水滴抖落于街心的句点
他把自己像毛巾一样拧干
擦拭着夜晚
被便利店的灯光打上的疤痕

"给我来包那个"

他执意听见

两记响亮而来源不明的耳光

当夜撩开她黑色的长裙

端起他

摇摇欲坠的下巴

在那首与苏州街无关的诗里

他窝在词语的内部如在熙来的车流攘往的人群

逆来顺受地

图谋着一场缓慢悠长的梗塞。

2015 年 7 月—8 月

# 选　择

一锅粥，煨着三样补品：

兰草、山芋和乳房

他点了第一种

用整个自己买单

不太肯定补品补了他

还是他补了补品，反正

金子，总会用来换点别的什么

这盘菜

他似乎也包括在内

而发号点菜的烟嘴

在哪里喷卷成一个笑呢？

兰草先熟，勺子舀起他……们的如愿以偿：

香连着格里拉

便嗅出馥郁的蹊径

她与钟楼同行

走了多少遭也还是个绕

准确如丈量心安的理得

深知山芋烫手

故防患未然，采用勺子垂钓

得其所需，按章法吞咽、

摄取，她的脸蛋也烫了，糖炒栗子

未受期许的手

不可近身


被骂作蠢痴的

煮了脑子丢进锅里

托钵押走剩下的自由

把精瘦的血

从干瘪的乳房榨出

舌苔麻痹以前，或将梦见

腥苦万象中

一片发光的兰草

入别人之梦


我不是别人

只是锅里那把不经常做梦的勺子

等他们饱腹而去

我兜住到底留不住的稀粥

想着她垂钓的手

表演一出谢幕的

海底捞月

2013 年 2 月 12 日

## 睡与罚

像一柄柔嫩的斧头
你用劈散哈欠的办法治愈我的鼾声
着火的黑锈把灯里的鱼都煮熟了,翻开肚皮
就有一根刺磨进上铺的牙齿
和下铺随鼻孔出气的眼睫毛

尚在熊身上的熊掌
爱抚地拿走我储于零点的积蓄
并还以三月草草的肉味,那会儿
你齐膝抵住我的腰椎间盘双手合十
顶着来世
念一咒往生。

2012 年 2 月

## 盗墓贼

盗墓贼在他们精心粉刷的黑夜
撬开了你的牙床
名字,和碑林皲裂的簌簌一道扬起
它经过你到达它想要到达的地方
它生而追随纸堤里的蚁踪
而你所在的总是终点,一种
由瓷片上的花瓣和刀形钱币剃度周身之后的
作为结果的酥麻

盗墓贼凿响盆钵
喉间的圆石滚向白色围栏的战栗,而
鲜亮的尸首鱼跃而起
等晨光熙来攘往
挤成瞳孔上的皮影戏:
一个旦儿角报上名来,一场雨

呛住了一条鱼

你咬住冰块般的乳房沉默不已

2014 年 6 月 2—3 日

2014 年 12 月 30 日改定

## 迟暮的迪斯科

拆掉你身上的钉子

再一颗一颗地凿进你加速的中年

反光的漆面揉成一团,在环形山状

发毛的磁铁下

棱镜从中心焦炙,你

开始摇,像滤出白沫与光的筛子

铃铛在风笛之外响了很久

昏睡的时刻接近光速

风沙塌入成群的折子,什么

在延长线上

把金星搓成一块抖动的橡皮

拭净虫洞里为皮质所困的

纷

纷

扬

扬

或者，你撑开墨绿的棉被

吊着摺叠的隧道

下

沉

指甲落了满地的槐花

啤酒瓶和香跳舞，狭长地带不停地晃动

浪将你打向臀间泛黄的熏蒸

会死在哪儿呢

烟嘴里终未说完的灰烬

倒进 DJ[①] 碟下的河流

       2014 年 3 月 7—9 日
       2014 年 12 月 29 日改定

---

① 唱片播放师。

# 结石、肿瘤与痔疮之歌

你像爱人一样来临

并不仅仅是温存地

喂养着那些在多余中

膨化的日子,也被它们

所喂养

你的傲慢里

装着一壶老于世故的妖娆

你懂得再决绝的剪刀,让个体成为个体的剪刀

也难以针对肚脐本身,以及

旋绕在其间的污渍

毕竟再不容易的拥有、怀抱

似乎也总会比割舍

容易一点

你说你是蘑菇、藤蔓和珍珠的远房表亲

你说积聚是一种本能,黏着是一项美德

而对于寻找珍珠的人

蚌才属于附加

就像地心说的信徒

没有对得科学,也没有错得离谱

无论走多远,总不得不

从直观的内在

和自我出发,地球

不也就是天河之躯中的我族?


你并不嗜好杀戮

如同任何一个寻常的母亲

你在发情在孕育在分蘖在挤压中疼、迸发和伸展

但有的时候

存在即是他者的梗塞

我们也都可能因彼此而生

而身死

太平间也好,垃圾桶也好

爆裂、结晶或见证

游动的默契和僭越之间

谁都是谁的馈赠

谁也都不比谁更有资格

活下去

你像爱人一样走了,终于

带着彼此交缠过的讯息

带着失去对方以后不着边际的

清冽,和

悲悯

        2017 年 9 月 9—13 日

# 篱

让篱笆戳穿体内的云

下起了颜色、形状,那些削尖的松软

漫不经心的沉重

倾覆于骨盆的积水

词语划开肠胃

愈来愈充实的饥饿

收割着头痛时疯长的毛发

没有手拽过你脖子下方的拉链

像刮一条活鱼

明天把今天洗净

以便屠宰

鳞片和赤裸一样疼痛

为了消失，我建造了那座鹦鹉遍飞的花园

绷着言语的墙

欲望的弓

你说坚硬的东西往往美丽

2014 年 11 月 18—24 日

## 眼睛与呼喊①

听说它能装下整个天空、整个大地

鸟类、鱼群

听说它能装下整个你

你的未来你的如今

可为什么,你的注视

让我变得遥远变得干涸

你的注视让我变成了再也离不开沙漠的骆驼


听说它有千万种表情

却也雾霭弥漫黯淡僵硬

听说它会死亡会油腻

却没有皱纹不懂得老去

可为什么你照见的一切

---

① 本首诗歌已谱曲,歌曲尚未发行。

无不是光和你虚构的世界

可为什么你能照见一切却惯于逃避却终于不能抗拒

听说它能装下整个天空、整个大地

鸟类、鱼群

听说装下了就已经失去

包含你……

# 堕天使宣言

总有一天,被注射器扎出无尽岩浆和复眼的柿子
会像鸡蛋摔向铁锯太阳摔向平底锅那样摔在你脸上
这场镜面炸裂目光的交通事故里,红灯熨烫着同
　　谋者
酒窝中的蜜糖
停——那是叫你
而被淬成镰刀状的虫蛾自火的纤维倾巢而出
划开你每一个毛孔的嘴唇,就像划开一粒粒
等待授精的花蕊,就像
陨石打作雨点的激吻
而你将开放,在恒河碎烂的浪汇中结出沙子般新鲜的
　　果皮
那时,光在单行道上逆向行驶
星空从满身的玻璃碴
看到行将坍缩前超速繁殖的完美

不幸的是

你好像交不起罚单

2014 年 8 月 4—8 日

# 游进你的河

在路上
潮间带
屁股与彩虹桥
冷高雄
士林官邸
城南绝句
丝网状的姑娘
小妮子
乳房之歌
杀手小夜曲
北行列车

# 在路上

夜藏匿了钥匙的低诉
磁场的经纬如烟散逸,只剩雨滴
轻轻撩拨锁孔的缄默
一排排夜间死去的单车
为空气植入上百座绵密的墓碑
而我闻不到它锈蚀的鼻息

雨,宛若猫嘤嘤的啼哭
踮脚点水,猫眼泪微溅
有灯影冒充的月影跳跃
伞也想要逍遥
手抓住风筝的引线旋转
有灯影冒充的月影珠玉飞舞
也在这样的月影里
路边黑色的面包车大汗淋漓

走，走到灯火通明的地方

书写巧克力圣代的颜色

等喇叭里的流行歌曲吞尽一切哀思

等月影化作晨光——

两位尤爱彻夜对弈的守门人，

今晨竟未厮杀

一排排婴儿般的自行车

凌乱搭建

依旧不语的混沌隧道

如果车座笃守的朝向不被忘怀

脐带也将在无数清晨重新剪断：

不可破灭的复活

2012 年 10 月

## 潮间带
### ——于澎湖的海

今夜，我们连成一组相互交配的海兽

在海风密集的湿里编缀手掌、镜片和生命的罗网

海胆，河豚，螃蟹，牡蛎……你和我们

一样善于伪装，而无措于光亮

我们便伸腿乘石头船

驶向黑边的黑

2012 年 7 月 1 日凌晨

# 屁股与彩虹桥[①]

你的海市蜃楼是不可触碰的吗?
或是你,急于用霓虹睡映的七色触须
盘绕夜凉中汗湿的身子?

所以还差一步
还没来得及掬海水涮手
你就唆使我屁股的雪橇滑向你

我终于没有落入你水、灯和影的罗织
捏捏屁股
在晚风中疼

2012年6月30日

---

[①] 位于澎湖马公市,为跨海大桥。

## 冷高雄

我走在你消失的地方,你不为河
打开电源和人流的白昼
晴天那么大,老头的蒲扇怎么也扇不尽
就干脆摊在树下的长椅打呼噜,把你
喝进肚腹,吐出,哑巴唇舌

我走在河流消失的尽头,水的开始
乘轮渡之时把腰颈拉直,直指鸥鸟飞掠的空当
说不清怎样,就散了,远了,日落了
一柄博物馆里的鱼叉
在我的脚步声中起舞

2012 年 6 月 1 日晨

## 士林官邸

那天，我也是个落荒而不能再逃的人。

真理在他们的旗杆上打转，而一啸而过的贵宾舱接住我，被旗杆戳破的油桶已焚起我不守规矩的太阳。太阳！在喉咙上方的悬崖翻滚成干涩的月白。

天知道，我的真理会变为天伦之乐的朱红同喇叭里满园的绿，会巧手装扮得生殖器们昆虫环绕，夜空也不会没有儿童、太阳和更远更明亮的星辰。

这叫作战略，后人很清楚。于是，我要学着当一棵精于杀戮的藤条植株，勤勉、温顺而简朴。

2012年2月22日

## 城南绝句

一

你诱拐我,用有翼飞翔的话语诱拐你
四片长在弹孔的嘴唇,给河岸煽风

点火,我们似乎互不知情地朝断桥逃亡
挤作双峰骆驼,像失散多年的兄妹蒸腾时光的碳酸,
 可失忆
不等于天各一方,也并不被泡沫愈合:
热里的沙丘

二

暗室,汗流的遗迹浸泡胶片
你突然迷倦于腹中零落的崂山或

首阳山下,正在发烧的酒瓶挨着烟草
你和另一个瘦长的剪影同时老去,在银的背后采薇——
那不可近身的拥入怀中

三

长眉蘸墨,蒲团上画一口铜钟
姑苏城外的和尚说,此物轰响着万籁俱寂。天底下,
　　他撑起木筏
脚底下,摊开竹简的分分合合,朝蒲团声嘶力竭
当夜半的航船捎来远处的流苏

2011 年 10—11 月

## 丝网状的姑娘

花曾捧着一束我

淌过水的肌腱

你眉睫蒙上鱼群的趋就,打捞

那让蜂鸟掠走的草——心心心

我的眉睫蒙上你的趋就

因此同视网膜一齐散光

若盆栽里一丛被树绑架的藤条

本能不再懂得方向

2012 年 5 月 18 日凌晨

# 小妮子

## 一

小妮子,你的名字在山那头

我汲水的瓦罐,朝着赐予我渴的咸

泼出多少晶亮的信鸽,飞回

你海鸥眼中的蓝

飞回泉水边

我以晨露串成的红丝带


小妮子,你明明种下一个春天

在晚凉无言以对,而我喉头融化的季节

勤奋地盛开

火红了山尖尖,狗尾草沉甸甸地垂首


小妮子,你是春天做的风筝吗,简笔画的那种

不像月,上柳梢头;却像云

哭过一场,晕染了黄昏后

我脖上的蛛网,可不可以

像腆着胸脯迎候蜂群的花粉

嫁你丝缕

不易绷断的挂念?

小妮子,你半空的歌调

拐着嘟嘴的谱线扑腾进百灵鸟的翼端

故我的泥尘之声,只能待风吹起

小妮子,我像不像条

束着裤衩的鱼

朝夸父古老的水罐

英勇进发

鳞片滚着火轮与汗

忽漫入你星光的船:

天上一日,百日

小妮子,等世界都老了

我敲开心房

给你讲个河边的童话

## 二

小妮子,我深深浅浅的酒杯
在你指尖不停地充满
你不会中断
那场油麦和高粱调制的雨
我的伞也不会
溢出:只因早已
醉无可恕


小妮子,你看玉米
裹紧了初夏的身子,却又乍泄
V字领的金黄
更别提那些饱满的午后,善攀爬的锦毛鼠
剥开她时
性感潮热的光


小妮子,有只轻巧的狐狸蹭着我脖子
这回,她又骗走了
哪株百合花蕊的秘密?
还有小溪流的臂弯,淌过我腰上的葫芦
像条气鼓鼓的缎带

在每个身侧

勒下我记忆的凹槽


小妮子,我爱吃

不吐核的蜜枣,甜软得

不可开交

我要枕着你腰下的云朵,梦见

天蓝色的水母

还要在我们的田野

摩挲你茁壮的禾苗,并

尽情抽穗


小妮子,是你的狂流

灌注我越来越响亮的哨声——

忘了扑翅的惊鸟

乱入一片烂漫的桃园

           2013 年 3 月 21—24 日

## 乳房之歌

是的,别人都叫我乳房的相面学家

我观看它们,那些被丰盛所压弯的稻穗、

被柔软所融化的云层、被贪婪所嗋干的酒杯

那些广大或贫瘠的忧愁

我望着它们就像望着一对对瞪视的眼睛

它们在痛苦的时候想要说话,它们目睹着

自己所助长的嘴唇把它们爱抚把它们撕咬把它们谋杀

它们不缺少崇拜也不缺少亵渎,作为按钮

孩童吮吸着打开一个世界

而男人拨弄着打开另一个世界


是的,我沉入肚脐的涡旋推演此生的定数与劫数

要知道那是扣紧我们的封印,打完那个结

肉身才在造化的转盘里捆住自己的领空

不再向无尽倾注,即使仍不免

被往后的日头所榨干
而我追随乳晕的年轮爬梳花果的成熟，和成熟需要的
　出口
那是我们身上的另外两个结，活结
当血以增生与排泄反复提醒着青春所渴望的连接
乳汁会用过剩和给予
吐出生命作为通道的流言

是的，有人说我的心脏是一座乳房的博物馆
越来越多的袒露让我的馆藏日渐超载——
两间昏黑的房子能装下几万张运途的面谱呢？
而这让我变得越来越像一个普通的女人
再大的重量或垂落
也都得挺在胸前

　　　　　　　　　　　　2017年10月2—5日

# 杀手小夜曲[1]

云雾

是我失重的脚步

熟睡

是你最厚的堡垒

心跳

把孤独一声一声敲碎

潮起

忽然松软地包围

夜

平寂如常

有一只飞鸟

---

[1] 本首诗歌已谱曲,歌曲尚未发行。

扑向了火苗

月

大梦一场

明天用一把刀

收割鲜艳的妄想

红裙子

燃着木立的影子

白枕头

游在银河的方舟

疼痛

一刹那削尖了你的美

伤口

无声无眠无悔

夜

平寂如常

有一只飞鸟

扑向了火苗

月

大梦一场

明天用一把枪

轰熟头脑的蜜糖

夜

坚固如常

有一声琵琶

摇晃着我的窗

月

锋锐如霜

假如你睁开眼

假如我不能忘

# 北行列车

猴硐[1]

黑不溜秋的老狗喝了老矿工的洗澡水

就挺起肚子，让几个十年

拉了好几窝聋哑的儿孙

儿孙也都把青山的嘀咕压进肚子，不小心喷嚏

才容遥唱的味道

漾在老人端出门口的钵里


流水跟岩石说：

她听见了。

---

[1] 位于台湾新北市。

## 走吊桥的老人

此刻,老人栽进水中
会有细雨、游鱼
小铲般舀出疏松的骨殖

此刻,老人在摇晃的吊桥上注视加速后的死亡
也没什么,走没走过
都是劫后余生

## 章印

时间快得难以下咽
而你给的泡菜已经长霉
我走路,像一匹受伤的骆驼
边走边失去水分
咳喘的间隙
我就在心口加盖印章,让记得的事
同瀑布一样重重地下垂

蒸笼里的土馒头熟了吗?
我走路,踩滑几声鞭炮

吹响胡豆叶的扁声

那些父辈的，空山水。

## 竹子湖[①]

你借我海芋，插入心的角质

蒲公英也这般，黏着地飘着

种植下鱼化石的骨头，并火速生长

成鳍

遂游弋于蓝、白、碧、透明，和少有的

泥巴色的土里

那儿，我衣衫轻薄，体重也是

性子也是

那儿我不着陆的额头跟夜半的山一样瘦弱

你只管，用野菜花

嚼出水中的魂飞魄

不散

2012 年 5 月

---

① 为台北阳明山一景，作此诗时正值海芋花开。

# 务虚者乐园

伪士之花

华阳志

栅栏工厂

穴位之歌

色 戒

得不到的和已失去的

别裁集

# 伪士之花

## 1

一个叫尼采的邻居说,顾客死了
怪不得我店铺的蛛网单单囫囵着冰冻的无花果
华人停止疯抢樱花树下的盘头膏、
杀虫剂和不得入内的狗肉汤锅
老主顾保罗也不再光顾,买几束蓝色的
在水中曲张的巴黎之心

难道广告牌上铺满的都柏林一日游不够光鲜?
那诗章旁高悬的银币勋章,可是我亲手
从化名"海妖"的妓女她午夜的裤兜
捋取的一指柔

货物毕竟滞销了

连诸种款式和情趣的套套都瘪嘴横陈

市场最新需求是睡袋般大小的鹿皮肥套,希腊商标

连锁专卖店垄断得厉害,以致

本人鲜有进账

除了半截波西米亚的黑衣不久前买过几瓶韦爵爷牌

能使弃妇敞开肚皮的壮丽腐尸顷刻

挥发的清洁粉


那就自产自销罢

三仙姑跳起霓裳舞

葡萄灯泡卡入我夜光杯里的死鱼眼眶,三角插头

强波探照高速公路的追尾和淤血

空气清洁


我不抽烟,内耗不掉的

仅剩下络腮胡垮掉的大麻

索性重来次沙滩禁火

我只身扮演腾跃的凤凰,在星彩中荡尽


好歹聚拢的两名观众

围绕唯一的焦点交头接耳:

"安能辨此是雄雌?"

所以，一个叫尼采的邻居说

顾客死了

2

怪

《亚马逊丛林夜刊·外埠要闻》：

"竹叶青的十四行诗扭动不止

剖页打胎，子宫内好一叠科莫多龙甲胄"

力

凿开庞贝古城的鼻孔

炊烟和维苏威，喷嚏的两端

唾沫星子乘着隧道崩裂我的风寒

失手抖落的钉锤砸得锅碗开花，并肩成血

乱

跪在祖冲之火柴矩阵淬就的算盘

孽子膝盖的骨肉穿起翻滚的梁珠，合掌作揖

牙齿的礼法系上诸子的双筒靴，文人名士的思无邪
第三只手致命的圆周勒断罗摩、公刘和阿喀琉斯的
　　喉咙

**神**

尼罗河畔，独木舟被汛期一遍遍斫伤，远渡重洋的鹰
凭倚于下弦月蜕为金色，美索不达米亚血统的呼啸
　　声里
桨拍打着棉花籽怦然受孕——

## 3

牧师
可耻的牧师！
你杞人的云梯
遭穹顶砍杀，犹如
掏空一堵噎呕的喉结
乌鸫飞进教堂的钟声

牧师
脱掉你的圣诗服！

你四肢未经晾晒

百骸即将发霉

火红蚁架着最后的祷告

爬遍肚腹的稻穗

牧师

出让你的灵!

允你从日光的棺木

抓几把

热带雨林榨成的石灰

指甲焊入毒蕈的花斑

牧师

允你无物,除了

一具灯盏的骨架

和半部虫蛀的圣经

4

啄木鸟命令思想者饮泣:

"我要求你

戳出皮囊的孔隙

像我丁丁地伐开赤裸的木头。"

思想者自顾自悲悯
充耳不闻

"你，无谓地浑身抽搐
地狱之心坚硬如水，即使你
收缩，屈肘砸向下颌。
别以为索解、忏悔、超度
分娩了所谓高级动物；
所有结局
在于婴儿的第一声啼哭
声彻阴曹地府。"

思想者在思想里纹丝不动。

"你，趁着屈肘抱头痛哭！"
啄木鸟高歌着
为思想者的脸凿上斑斑泪痕
瞳孔里落出一地芝麻——

思想者的面目终于号啕

思想者的脖子终于凋谢至双腿之间：

他庆幸被释放的泉涌

一并笑断了喉管和躯干。

"泪落连珠

你学会了！

学会了！"

欣喜若狂的啄木鸟满地打滚儿

乐成了一只花鹦鹉。

2011 年 9 月—10 月

## 华阳志

黄昏将乱时我劈入梦里的华阳
一条腿悬在黄粱的外壁，渗血的云不戒备手术台上的
　山雨
路，是调频之间的白噪声
雨点带着拐杖对石头的惊心停伫于一处花明——
节目里的跳梁小丑抢光着脚，将电钻对准了电视机前
　的笑容
当被手绞碎的眼睛从不同的政治
瞭望着蹬在我鼻梁上的一只怒目圆睁的布鞋：
我是我
华阳还是此地彼地的华阳

我临盆因腐烂而芬芳的华阳
所有迷失的发绺系在盘旋而上的橄榄树枝头，像一截
　截被延留蒸熟的肠子

河流里的婴儿在拐过湾环时吐出从上空降落的果实放
　　声大哭
我的身体也开始蜿蜒，淌出的鱼叮咚作响
它们将在扑打过每一个漩涡状的伤口之后带我回到原地
容或忽然干枯的鱼骨
忽然刺穿华阳的许多故事
和我的一个谎言

我一次次从密室镜中的温柔乡里滑揉进雾中的华阳
拨浪鼓摇着南柯，光斑让云雀的歌喉撒了一地
符咒上松松垮垮的幸福写在大街小巷的腹股沟上
而把我的脊柱塞进牙缝的喀迈拉自顾逗弄着炊烟上的
　　粉红气泡
在软腭与冰霜、疼与醉合欢以前
我会想起那面镜子，并从
一张张偶或自谜团中突入的、没有面目的脸上读出匾
　　额的小字：

"不是沉舟，不到华阳。"

2014 年 6 月 8—9 日<br>
2014 年 12 月 24 日改定

# 栅栏工厂

这是家生产栅栏的工厂
我们日夜劳作,在亲吻的时候修整空间的边幅
为底牌,关押一盏亮堂
等惶乱的泵,把掏空命运的水晕压往胸膈,压往
使之成为彩虹或枷锁的枣色天空

情绪挨着栅栏,价格般上蹿下跳
马良牌的工艺品有多栩栩,图案与图案说话,而哭
　　泣时
月亮在路灯的睫毛外很远的地方
我们又开始相互拥抱,栅栏间不得不扣合的身体里
梦境嘎吱作响

有一天在苹果树心
你照常磨着比自己还高的浆汁

却在怠工的片刻

借着蛇的泳镜，瞅见栅栏所铺就的

盘旋至上帝卧室的爬梯——

那空荡荡的葡萄架

那时

你是不是孤独得

像一块绷着密实的金子

2013 年 12 月 23—24 日

2014 年 12 月 30 日改定

## 穴位之歌

### 神庭

针搭上石头起伏的腮
鱼一样地游进
把庭院缝合在中央的沼泽
门环如线团解去,保龄球赛场上
蜣螂搬运着从山茶花心累累坠地的睾丸
打散虎刺向恐惧与日伸长的脚趾
天牛的幼虫也拉开盲肠的弓
拉开盘古的双眸曾穿越命门的航行
把井中被桨划疼的月影
送上杜鹃浑圆的红泪珠

## 风池

我把龙舌兰上四分五裂的肚脐掷向竹笛上的六个家乡
打起拍子吧，池中浮沉的后脑勺和骨盆，像个婉曼而
　　动听的木鱼那样
吊在电缆上郎当的音符
忽失禁于膀胱一场过剩的吐蕊
那个被水抽干的老阿呆
把A小调的影子叹成了风最末的腰围

## 鸠尾

从剑突下半寸你心悸的斯里兰卡飞出一只橙胸绿鸠
胃连根拔起，蘑菇云的肿块
把剩下的两颗乳房，和所有滞血的离岸之花
诱往绊跌了遥远却毕竟遥远的近处
你挥挥衣袖，数数杏仁
一二三四五……十二对虎肋像一口痉挛的挂钟
悬垂于鸟尾最后冥顽的淤青：
"现在为您报时。"

## 涌泉

黎明,从每一泡新鲜的、福尔马林水色的尿液中照出我:
一个被对穿对过仍不失玲珑的钉子和句子,从肛门到
　　脑门,缝好以免垮塌的布偶

跟诗一样精瘦的蔓草在腹腔的秽物中膨大,然后爬成
　　我节外生枝的静脉
它们还将向外疯长,把我扭作一团从伊甸园的水井垂
　　下的麻绳

黎明,我像顺手把刀子送进喉管那般顺手地抓开阴囊
电光、火石、木头、马尾
砸回宇宙的裆部无耻的双子星座

我听见,从脚底涌出的
声如破竹也如头痛的处女泉

　　　　　　　　　2014 年 7 月 7—22 日
　　　　　　　　　2014 年 12 月 21 日改定

# 色　戒

第三道闹铃，亚当从被窝里出鞘
电视机突如其来地
播放一部叫作《伊甸园》的电影

哦，苹果树，亚当一边漱口一边眼熟
然后夏娃走入荧屏，朝着不知名的空镜头遥望：
视线终点不是他站的位置，亚当环顾周身，他也不在
　　空镜头中

他悚然明了，这是上帝收回成命的试探？
亚当顾不得丢手，满是牙膏沫地揉向下身——
硬邦邦的，上帝果真归还了他曾失去的肋骨
可从此，他只能学会从体内思念，或想象思念的感觉

夏娃买菜回来,发现电视机开着

而亚当已老朽不堪

2012 年 2 月

# 得不到的和已失去的[1]

那些失去的是再不会回来的
那些寻找的是从来留不住的
那些留不住的是终将失去的
而不再回来的恰是我们寻找的

好了别再想不开
别再情不自已
所有的天使
都只为自己哭泣

你什么都没丢
却还是回到了原地
在椅子里下沉

---

[1] 此首诗已谱曲,歌曲尚未发行。

给世界颓废的一击


那些失去的是再不会回来的

那些寻找的是从来留不住的

那些留不住的是终将失去的

而不再回来的恰是我们寻找的


嚼烂了多少颗牙齿

才吞下你的伤悲

用掉了几桶脏水

才洗净你的肠胃


当不再有景色

足以醉人

我们也只好

端起酒杯

# 别裁集

## 鸟鸣涧[1]

是闲,遂在意木樨花落,
还是不经意,裹挟春山寂寂,
桂子即若静谧下沉的内息,和夜,
和巢中鸟儿倦乏的翎羽?

可鸟儿的春心,
已随其错愕的啭鸣飞离涧中,向着
初升的月牙上,
依稀明媚的山脉和薄薄的云。

---

[1] "人闲桂花落,夜静春山空。月出惊山鸟,时鸣春涧中。"参见王维著,陈铁民选注:《王维诗选》,北京:人民文学出版社,2002年,第197页。

汉广[1]

芙蕖开在哪儿,
哪里便点燃碧波,
便是一条叫作汉水的无岸的河。
像吴刚的斧头,
我斫碎自己一如纷乱的柴草,
南方,你斜倚过的乔木远得好似月桂般,
纵养大涉水的马驹,为你,又怎
足以抵达?

谷风[2]

你急急转身,谷风中,又一泼阴雨,
门槛,是你懒于跨离的赭色河床么,
数寸,送客的短短一程。

客?客。你用客多少华年的黾勉,

---

[1] "南有乔木,不可休思;汉有游女,不可求思。汉之广矣,不可泳思;江之永矣,不可方思……"参见程俊英、蒋见元著:《诗经注析》,北京:中华书局,1999年,第22—25页。
[2] "习习谷风,以阴以雨。黾勉同心,不宜有怒。采葑采菲,无以下体。德音莫违,及尔同死……"程俊英、蒋见元著:《诗经注析》,第90—97页。

裁剪一流渭水——新婚宴尔，

弃下的，则散入我拗不过谁的泾河，

直至浊水白发苍苍，再装不下，也留不住什么，

包括那些年前，你，

和我的，舟上的鱼笱。

## 归雁①

月光色泽的琴声，清似

二十五弦共振间寂夜的衣缝，

水碧沙明是白日的苔色青葱，而晚夕，

雁的翅膀卡在缝中结成冰晶，请别说残忍，

湘灵的幽语，和世界太多太多的人，与歌，

离开是因为她们的美，美到锥心的痛。

## 隰有苌楚②

他掘开病床馒头状的青灰，

---

① "潇湘何事等闲回，水碧沙明两岸苔。二十五弦弹夜月，不胜清怨却归来。"参见袁行霈主编：《中国文学作品选注（第二卷）》，北京：中华书局，2007年，第335页。
② "隰有苌楚，猗傩其枝，夭之沃沃，乐子之无知……"程俊英、蒋见元著：《诗经注析》，第389—391页。

怂恿肉身植入泥土，比嘴唇肥沃，

耳朵耸立为双峰的墓碑，眼若凝脂灌溉，

一扎苤楚的嫩芽、嫩芽的头发旖旎招呼着

那粒寒风的画布中不再瑟瑟的太阳。


几团渡鸦飞来，火一样地

在前额和鼻孔的坟头上憩息，

年老的一只梦见他仍做着光泽的梦，

大地已然漆黑。


## 嫦娥①


对镜，

不如当着这扇素屏，

拥持青天仅剩的青，银河仅剩的银，

和低垂的碧海仅剩的温度。


云母，是沉落于风中的黯淡星辰，

赖不过屏风则不欲随风，

---

① "云母屏风烛影深，长河渐落晓星沉。嫦娥应悔偷灵药，碧海青天夜夜
  心。"袁行霈主编：《中国文学作品选注（第二卷）》，第557页。

清寒似凝入眼眶的冰,映彻
夜夜婆娑的心影,浇一吻烛火
炼成灵药,伴烛泪一同,
坠越晨昏的霞光。

于是爱侣见流星香消玉殒而幸福,
却还有哪个后羿,拾得灵药飞升。

## 逢雪宿芙蓉山[①]

犬吠声,只是
风中一绺打转儿的头发,
半黑半白,再大卸八段,
再咽成麦芒,伴着处处星斗的冰雪,
跟夜一样爬满了身体。

有白屋即有家贫,
旅人和木头的腿皆被深掩,也都在瑟瑟,
不知谁家的柴门,
不自在那跫音的陌生。

---

[①] "日暮苍山远,天寒白屋贫。柴门闻犬吠,风雪夜归人。"袁行霈主编:《中国文学作品选注(第二卷)》,第388页。

有窗户就有日暮与苍山,
门中汉的炉边早没了火的唾沫,
但凋残的红色幕帘,盛开的,
总是夜归的客影——

有门便有跨过门槛的自己,
自己,却仿佛,
门内门外都不属于。

2011 年 5 月

# 发情的神话

希绪弗斯与巨石

幽闭之小

普罗米修斯

迷　宫

Fallen/坠

红蓝铅笔

# 希绪弗斯与巨石

A

抵住我喉咙的石头也垒筑在我胸膛的圆形广场
那里,众神的歌剧昼夜涌流,奥尔菲斯啊
不论记忆,我定你为幕布后忽然甩出我口哨时的琴师
只有你,勾紧弦就是松绑石头,所有的缝隙睁开眼睛
为你酿造泪水
——擦干它。我懂你的目光也是石头,救不了一个人
不论记忆,头破血流的不过是两根奥林匹斯狼族的
　芒刺
互不饶恕的光下
都给对方留下了整爿天空的牢狱,逃亡的中途或藏身
　之处


正如,没有人问过我下山的时候

谁向谁归位，石头滚落，又砸坏了哪家的菜园子

我只管走路，就像岛屿只管白骨，塞壬只管歌声

可那条缚紧命运而刮擦谜团的腿……

我走路——就像缸的凸面游来一束神殿漏网的无穷无

   尽的鱼身

就像瓶中无轨可出的发条舞者，在一个背向

梦见阿芙罗蒂特及其他

我，启齿却也没有什么可说

甚至，靠了两盅人面桃花的酒

浑然记不得下回上山的种种


B


有时，连我都忘了

  （当意义、等待与虚无抬升、下坠，你的推搡抠进我

    牵扯

   当你的酒气哈在我脸上）

受罚的是我——

一个坚硬遥远的

人类疏于记录的故事


而终止，始于哈德斯突然淋湿的案簿

又始于宙斯

越过花间女神双乳的手腕不觉触翻的水杯

你的气力和你频频所见的太阳失落在半山腰

而我秉持地母的召唤：

这迟来无关善意的，豆荚炸开的问候

你留在我身上的血印如今蹿出了青苔

葱翠如骨肉，每一滴落在上面的雨都四分五裂

你在那穿刺的脆响中成为我无体之身无计可施的痒

还将有多少层层叠叠，来让这个故事也不那么明确

悬念在于：

你假之于我手的，受罚的完成

可才是我受罚的开始？

2014年4月7—14日

## 幽闭之小

最后,盘古签署了版权协定

将全部身子收进魔方

每次转动,可能旭日向晚,脚趾搭肩

大江西去,而或头吊在胯下

从此他吸取了整个混沌

享用最经济的占有

而上过发条的手,为了一饼拼出的胸脯

不停地"咯吱"

2012 年 1 月

## 普罗米修斯

鹰,我认出你是受刑的爱

无休无止地咬在

你被放逐的、如桃核般日日熟烂的陷阱

它的滋味注定酸涩,可你必须

来临,和我,和高加索山的风一样

锈在原地

鹰,你为什么不啄穿我的心

火在那里

火在那里

2015 年 2 月 21—23 日

# 迷 宫

忒修斯,你将无从
像攫走一朵女子的心那样轻易地
杀死我。你将赴的
是这世上最简要的迷宫
如在矩形纸片翻叠的折痕里:
唯一没有的,不过是
出口。我也不能
像咽下童女之蛊那样无心地
手刃你。郁金香
出没于齿篱——
我用狂暴深陷的犄角如血管中的断针,浇灌
还有许多种子趁此发芽
它们比你更长于破土(而入、而出),也比你
更注定做我的食粮:
走吧,你有你的前方

有你带不走的东西

而我背过身去

就下起深海的雨

天空像腓尼基人豆大的明珠，旗鱼状的云朵里

一片刚撕碎的狄奥尼索斯

飘坠

        2013年5月9日

# Fallen/ 坠[1]

一场浇醒疲倦的雪
吻过肆虐风的帆
一只钳着梦的蝎子
剪开发霉的月亮

你桀骜地来临
惊起冰川里的鱼
骨盆里的兽在歌唱
追着蓦然奋飞的鸟

你坠入我天空
擦亮我
蜷曲锈蚀的生命

———————————————
① 本首诗歌已谱曲，见马克吐舟专辑《空洞之火》。

却也描画出

夜幕至深的

终不可破灭的黑暗

一条舍去归期的路

打落园中的苹果

一个关住蛇的笼子

若无其事地笑了

你绝美地来临

那谜语是红色的

骨盆里的兽在歌唱

追着蓦然奋飞的鸟

你坠入我天空

擦亮我

蜷曲锈蚀的生命

却也描画出

夜幕至深的

终不可破灭的黑暗

我坚实的瞳孔里

你永不熄灭

像滚烫的珠蕊

会不会有一天

我抱着你

坠入另一片天空

燃透无边的湛蓝

## 红蓝铅笔
——致我的百廿岁



一

临河的巫师转动鼻尖的青云,
像一枚飞速运行的削笔刀,
把她的鼻头亲吻成铅笔的锥形。
涟漪呢喃,咒语如唇边的风,
在皱纹干枯的谷地流转。
草地上那粒玫瑰色的露水是巫师凋落的眼珠,
依然眺望着被青云风干的天宇。


她老了,
终于对我的问询不置一词,
任云烟不透明的体重捂住我的焦灼。
我再度睁开眼睛时也听见那声清脆的告别,

青云随她汇入河水的墨绿。

河岸只剩一支铅笔,
鲜红似血,
隐隐有剑的锋芒。

二

圆月和星光,远古横陈的讯息。
高举的铅笔沐浴于
夜晚窸窸窣窣的秘密。
可仙女厄科的回应不过渐隐地复制祈愿,
除了黑暗与鲜红互相捣碎,
它仍然只是一支恶作剧般的铅笔——
红色铅笔,如此而已。

恶作剧的捉弄?
无的放矢的不经意?

也许是对的。
巫师不仅仅代言蓍草、龟甲和扶乩的神示,
她还是个老人,也

只是个老人，

孑然，彻悟又孩子气。

她怎么会不在第一次也最后一次

将自己散为神示的时刻，

给我们开一个天大的玩笑，或者示范

所发生的不外乎是个玩笑？

我想到埋葬，效率，

处决一切的无情诡计，

这时间的手腕。

铅笔

要我埋下你，

容或种下你？

若把你弃置于土中，

生根发芽，高塔林立？

若把你遗失于风里，

行云流水，羚羊挂角？

若将你种进我灵府的巢穴，

漫溢意志的丰沛霞光？

不，应当把铅笔当作铅笔，

在摩擦的折损中消逝,
在消逝中显现理式?

罢,让我握紧你。
既然历史从不认真,
我何妨认真地跟玩笑较劲?

三

"词语是任何命运的擦肩而过,甚至
命运本身。
每个人都从她那里得到一生的标签,
不管标签是不是答案。
而她的喉头印在我掌心的是'蓝',
如同炼剑炉里诱人深陷的表层火焰。"

父亲喉结涌动,
像他从未停息的上下捶击。
原来攫住父亲一生的,
只是铁冶的一片蓝。

"为什么,

巫师竟用死亡对我无言?"

"你手上拿着的并非虚无。
或许你的生命将遭遇某些词语的饕餮——
'红''圆柱''纹路'
'木''痕迹''锥'
'擦拭''石墨''命名的假象'
'廉价''稚拙''书写'……
整支铅笔蔓生的代码——
最终却无所依傍?
无所依傍,也无从凝注和转捩,
无从死亡。"

说到死亡,
父亲的眼膜就布满净朗的天空,
他躺在休憩的摇椅上远眺的时候,
已然确认葬身的湛蓝。

但我呢?

我将俘获父亲口中的哪个词语,
抑或哪个词语将俘获我?

再或是另一种可能：
我所属的，就像尚不会羞赧的夏娃，
暂未被言语的衣襟惑入；
而所作所为的真身，
将为其定义、
定名？

我破门而出。

## 四

十岁那年，身轻如燕，
我脚踩藤萝翻上村庄的极地，
那高耸入云的烟囱。
可我要看的不是云
——云的使命无非是填补空缺与
粉身碎骨，
而我要的却正是云飘离
或碎落成雨后的空白，
以及空白下山川之外。

恰巧云碎成一地，

恰巧脚跟脚地梅雨霏霏,
剪不断。恰巧,
给穹隆晾上了一件晒不干的缁衣,
硬挟持了我祈望的空白。

我缩回随时可能绷断的脖颈,
蹲在烟囱顶檐念叨虹霓,
没有觉察永不衰竭的黑暗,
业已近逼低垂的脑门,
直到一时放任的目光被烟囱深不可测的圆筒
吸附。

这属于另一种遥远。
悬在颈上的长命锁摇摇欲坠:
它比我更耽于陷落。
砸进黑暗的锁锁住烟囱的一阵痉挛,
放虎归山。不知是我解开它,
还是它解开了我的缰绳:
差别也仅在于垂直,与平移的远方。

就让它做一只井底之蛙吧,
守住那些日子的那片天。

五

十岁对我来说又是一种遥远。
也许当狂奔的脚步赶上逝水的速度，
才映出回忆的平滑。

从往事破茧而出，
我已止住腿和脑筋的奔窜，
将两颗拳头的石头相互撞击：
如果骨头溅起扶乩的火舌，
必焚尽歧途的阡陌纵横。

一次次撞击。未料及，
撑船的左手像锚一样盘踞坚固的本源；
一丝不苟的右臂，
却为磁铁似的斥力轰然震荡，
顺时针甩开我身体的螺旋——
原本紧握的铅笔陡然发射。

我扑跌在地，
余光越过丛莽的心腹。
铅笔，屹立于我身形不远处，

锋利无比，它准确地，

钉在一只蝴蝶的腰脊。

意义的迹象与躯壳的暗影

一同拉长。我停下，

踅转。

## 六

当我自家门口的部落

猎杀到烟囱附近的腰脊，

我发觉应有的离开

不再是张皇闪躲的蝌蚪。

决意扔下那筒铅笔形状的特制弓箭——

那天之后，用它们，

我照例钉下了无数猎物的伤口。

仅留下那支红色铅笔，

它只曾在肉搏时，把死亡，

准确无误地写进敌人的脏腑。

这条路的尽头和那条路的起始

是一条河，两尾相向穿梭的蛇：

此岸之水自东向西，淌着碧绿迟滞的眼泪，

彼岸之浪自西向东，厚若水银，却逐若奔马。

我的胫骨清冽地舒张，

再粗暴地蹒跚，我记得不用回头，

烟囱最后一抹气孔的倒影，正挥别在

河心的界点。

最后的庇护。

"溯洄从之，道阻且长。

溯游从之，宛在水中央。"

我不是行走在水中的鱼，或舟，

它们的结局都是悬浮，

不论以戏于莲叶的虚脱，葬身鱼腹的散逸，

或者野渡无人的孤僻；而美人香草，

都飘摇在蒹葭的海市蜃楼。

我不过是要横渡，

再追赶

那顽皮而善于躲闪的岸。

在靠近，我想……

若非乘着涛澜的蛇鳞翻卷回荡,

我该几乎嗅到对岸的岩层。

在靠近,我想,在靠近……

在靠近——不及我想,

自天而降的铁铲,

将我从水银打捞到水银色的半空。

半空?鱼篓?

电流酥麻的漆黑一片。

## 七

我,还在吗?

眼睛没有窗户、

不讲时间,

苏醒是哪场梦游的端点?

蛋形的堡垒像大地的肿瘤,

兀立在静脉交错的皮层里,

一夫当关——

那不过是唯一的
可以通往某个世界的入口,或隧道,
将我幽蓝地吸收。

步子是唯一的刻度,
没有窗户,
因此不讲时间,
灯火通明。
是的,若信赖关于封闭的传闻,
这样的场所就应当叫作:赌坊。

烟雾和啤酒,风骚的女人,
朝我的唾沫纷至沓来,
几乎撑破牙齿与喉管。
直至吞下一半,决堤一半,
结膜的血丝褪去,
那些定型的传说。

干净,出奇地,懒散的风扇不像
悬挂寒意,偏是拂尘;
玻璃手指白玉骰子,
魔方骨骼象牙牌九,

翻动的关节，番摊的硬币，
廿一点与三二百的镜片，稀薄地
面无表情地轮盘，
皆无言：
这不像真的。

"牌和麻将都将死亡"，
穿黑衣服的先生在我耳边咕噜，
当我放肆地雄踞老虎机前，
把所有的财产——那支红色铅笔，
插入动物口腔的螺丝帽，拧转——

淅淅沥沥哟滂沱，
弹子如雨下：
滚落的人头的狂欢。

## 八

黑灰色的领带、蜡做的身体
和那句话语一道聚拢过来：
"看上去又是一条着急
下油锅的漏网之鱼。"

其中一张嘴啁啾,
带着漠不关心的狰狞。

他走进,算盘念念有词,
蜡也愈加棱角分明。
人墙的胡子跟燕尾即刻笔挺,
我们都和老虎一样安静,
竦竦毛,一阵窒息的轮拨。
他沿着算盘上的弹子睥睨:
"你知道你做了什么?"

他明知道我不明就里,
天知道赌局何局。
他扶起算盘:
"好野种,你捣鼓得世界发情,
泄走足足百年。"

"你,要付出代价!"

"可是老板,如你所见,
我的全部家当,
说起来也就那支铅笔的价钱。"

他莫测高深地端详半晌,
"也罢,便让石墨的踪迹替你偿还。"
穿珠的间隙不容置喙,
"从今往后,你
就是赌场的账房。"

"账房?"
递到我手里的算盘不容置喙。

## 九

汗液溜走笔迹。
即使使尽浑身解数,让视觉不偏不倚,
也会像一个毕达哥拉斯主义者,
搏动数字的心脏,它们
生殖,言语,模糊,交媾,消失,乍现,曲径通幽,
即使橡皮稳如泰山。

我整饬数字,
数字追赶铅笔的编码整饬我,
卷进了钱币、光阴、血压计和掰指头入睡。
没有窗户,

谁也不讲时间，
时间的秋千在账簿里荡去，
绳索断裂。

数字显示：
赌坊年年亏损。
老板年年依旧是老板，
"你说得对，"他回答，
"但越是精确，
就越是满纸荒唐；
该赌的还是照赌，
该输的还是照输。"

"一如我的工作，该蠢的还是照蠢，
该做的还是照做？"

——"呃……"

"那么请告诉我，还剩什么，
可以确定无疑？"

——"确定无疑的只是赌局

还在继续，而你，
就是赌注。"话音未落。

攒簇的手掌乘虚而入，
我扑跌进老虎机血盆大口的弹子林中。

十

龙潭虎穴哟铅笔写进尘网的接口，
红发金发爆炸头高速公路老熟人闯红灯英勇无畏胎皮
　　飙升荷尔蒙，
白天哟办公室端坐生产力春药大力神丸，
夜晚我的高朋满座不醉不归生产力挥霍再生产，
鸡皮疙瘩哟跳起霹雳舞，
没有房子不必建筑洗脚城昼夜不息一次消费免费入睡
　　的按摩屋，
酒杯罩杯两女三杯哟生龙活虎，
翘屁股闲不住装金龟充佳婿钓鲨鱼蜜罐子燕窝窝静
　　女其姝。

铅笔哟你是埃菲尔铁塔加比萨斜塔歪打正着的现代拯救，
超级计算机证明着祖冲之草纸上的气功精确到无数个

小数点以后，
阴茎哟你是红润的铅笔插进红润的两腿之间，
海绵的塑料的吸水的防水的如假包换的冒牌的双腿之间，
铅笔哟你什么都不是你是欲望游戏于是什么都是，
含义的附加值犹如股市和房价的泡沫由你我在锅里摩
　　擦生火。

你是木材、石墨、胶合剂、黏土、印花油彩哟铅笔，
我一半书写一半修补玩弄无中生有毁尸灭迹斩草又除
　　不了根，
你残留我存在之际哟抹掉我存在之后的印记，花哨的
　　影子哟不遗败笔，
来不及写下的，
似乎写完的，只是我本身。

弹子归零。

## 十一

来到是乘坐溅沫，朝阳代月，恍然的众手一推；
老迈的归途却赶不上轮轴声声，声声折叠步履。

我不再着力辨认曾被潮红的眼膜镌刻为界碑的双头河，
拐杖淌过的水再无停歇。

这年，酒囊、饭袋，
壮硕的藤萝拉扯我沉重的喘息直至村庄的极地——
烟囱还在，云影低徊，洞口的漆黑蜿蜒得
比我额头的褶皱更迷惘幽远。

丢。丢过什么，此处？
我顺流直下，害怕喘息的停歇变成末日，
钻探的拐杖从筒底咚嗡震响，肺叶死死抓住铁梯的救
　　命稻草，
盘绕至烟囱的盲肠。

竟是一盏红蓝斑驳的柴扉。
金屋藏娇或败絮其中都让位给韬光养晦，
我用疲惫甩开斜插的拐棍，顷刻耸动：
仅剩铅笔，唯有铅笔，当为拧转封缄的钥匙。

从未想到第一柱视线扫拂到的会是父亲，
逆料不到重逢的父亲肢体枯萎，铁锤和牙齿都早已锈蚀，
他不肯瞑目地瞪着密室的气孔——那片狠狠的蓝色呢？！

笼罩他的词语不知去向。

除非拆门做棺！父亲才可能安眠于星点的蓝。
我没忘记先将铅笔拔出锁芯，
我愿忘记那怆然所见：焕发，
铅笔鲜红的皮肤沿着锁道丝丝褪去——
湛蓝肌理！

仅此而已么？我把战抖的蓝平握手心，
抚下父亲的眼睑。
仓皇的老泪滴落父亲的脖颈，他项上戴着
我不敢触摸的，多年前少年扔掉的长命锁。

原来我的铅笔是父亲的寓言，
可我的地图朝何处招展？
原来我曾锁住的是自己的天空，
难道我拥有的只是别人的命运？

## 十二

"巫师，万象之灵！

后生顶礼黄酒于樽杓,

茕茕欲知今生何谓,

缘系何枝、

何枝可依？"

"万象之灵哦,

还是诸生之弃儿？

通晓天地哦,

还是一无所知？

终生献祭为他者和运途的媒人,

算命者皆无身世：

噫，天机不可泄露！"

没错，我成了这个巫师,

浅笑着扶起泥阶下的少年——

一个往昔的我,

一个背道而驰的我。

不必多言。

我取下法器，那

任凭视点时红时蓝的铅笔,

在他生涩的胸口纹上一枚铜镜。

十字架捆绑部落的图腾横切圆背，
我不知他是否领会：
镜面向里。

我老了，
他走了。
那世界他该去，
这原乡他该回。
那风景他勿淹留，
我茅屋他勿皈依。

差点忘了：
我说了也不算，
算了也不作数。

雾中无尽的蓬蒿。

2011 年 8 月 13 日初稿<br>2011 年 8 月 14 日改定

# 后记·疯狂中的上帝——顾城、海子、戈麦

> 无论如何，这本书都是冒险的。一张透明的纸将它和疯狂区隔开来。
>
> ——乔伊斯谈及《尤利西斯》

> 哲学或许就是抗御着疯狂之剧痛的慰藉、在和疯狂最接近的那个临界点上的慰藉。
>
> ——德里达《"我思"和〈疯癫史〉》

## 导言：疯狂与诗

通过与福柯《疯癫史》的对话，德里达在他的

《"我思"与〈疯癫史〉》一文中提出了另一项工程。福柯想让疯狂自身开口说话,德里达则反驳说:"对于理性的革命,从它被阐述的那一刻起,就只能在理性的范畴内运行。"① 既然关于疯狂的话语终究只能被理智地阐说,要让它们自己为自己发声,则是徒劳的了。德里达于是将他的工程转向于寻求一种自由流通的逻各斯(logos of free circulation),一种原初的、能"在自身以内允许后来被称为理性与疯狂(非理性)之间的对话"② 逻各斯。对理性的声讨和颠覆既也在理性以内,那么必存在一个始源的、未分离的逻各斯——是它为理智与疯癫、意义和无意义的交换提供了最初的可能性。

这样的逻各斯,德里达以为,已展现于笛卡尔的"我思"(Cogito)。笛卡尔承认,在哲学层面上,在某些时刻,思想最本质的内在性是欢迎疯癫的。并且,在他"我思故我在"的公式中,一个人也完全可以自我肯定到足以确认:即使我疯了,我思之我在也依然成立。然而,福柯也已判定,笛卡尔最终通过诉诸完美的上帝、诉诸驱逐"邪恶天才"(evil genius)

---

① Jacques Derrida, *Writing and Difference*, trans. by Alan Bass, London and New York: Routledge, 2001, p.42.

② Jacques Derrida, *Writing and Difference*, p.45.

的自然之光（natural light）[1]，仍为理智扣押了疯狂。德里达却走得更远，他进一步将哲学定义为"说出恶魔般夸饰的尝试"（the attempt-to-say-the-demonic-hyperbole），坦白哲学一旦背叛了疯狂的必要时期，就是在背叛它作为思想的自我。

如果说对于哲学，如此坦言已无异于是危机或再觉醒的可怕信号，对于文学尤其是现代主义以来的文学，疯狂或"恶魔般的夸饰"却要容易接受得多，无论它是以感性错乱、梦境、失控的修辞还是狂野的形而上索思的形式呈现出来。但不管多么疯狂，文学索思，在其"虚构性的语言"（language of fiction）或"语言的虚构"（fiction of language）[2]中，仍是可交流和理解的，哪怕有时会非常有限。文学于是可以说是

---

[1] 在笛卡尔的推论中，自然的赋予是带有欺骗性的，譬如烈日下的铁块，在我们的视觉感官中显得未必很烫，但是你触碰了它，就会发现上了当被灼伤。更有甚之，我所有的感性和认知也都可能是虚假的——假如是一个强大而恶意的骗子造物主或"邪恶天才"创造了我们，让哪怕是加减法这样我们以为最基本明确的数理逻辑都实际上是一堆谬误呢？这听上去难以置信，却并非不可想象。但最终，笛卡尔还是诉诸了多少带有些神秘色彩的自然之光：在自然之光中显示给我的东西，是不容置疑的。上帝也必将存在，因为那种绝对完美不可企及的上帝的观念是已在我心的，而上帝若不存在，就没有谁足以把那种绝对完美的观念放在我心中——而如自然之光所示，上帝既是完美无缺陷，就不可能会骗人。虽然笛卡尔停在了此处，德里达却认为笛卡尔对于邪恶天才的虚构已经召唤出了"我思"之完全疯狂的可能性，而隔开邪恶天才和上帝的自然之光显然是不那么直截有力的。参见 Jacques Derrida, *Writing and Difference*, pp.55,88.

[2] Jacques Derrida, *Writing and Difference*, p.66.

疯狂的保留地，或更准确地说，是"我思"之中支配性的历史理性和疯狂相互融合、角力、斗争的温床。这也是乔伊斯那"透明的纸"所象喻出的情境。

因而，就一个方面来讲，文学打开了"我思"中恶魔性的面向，尤其在历史转折的时期，文学常会通过"言说暴力"（saying violence）[1]的方式释放出此前被压抑的疯癫。但在另一个方面，文学作为一种话语的组织，它自身在超越历史的总体性和开启崭新言说的同时也会围筑起一个有限的历史结构，并由此将其自身以及崭新言说的暴力和疯癫合法化、理智化。

作为文学家族的一员，诗歌在这两个方面上也都不是例外。然而，使（现代）诗歌成为诗歌的特权，恰恰又在于它对于最大化的破碎、精微、隐晦、变形、非理性、平常性（banality）和尖峰性（fatality）[2]的接纳——简言之，就是对于极致的语言和想象生活之实验性的接纳。这也是现代诗歌普遍边缘化的缘由。而这边缘化又不断地将诗歌从现代社会的常态、秩序和社会经济的霸权中撕裂开来，反过来强化着它的特权——那变得疯狂的特权。

---

[1] Jacques Derrida, *Writing and Difference*, p.74.
[2] 带入平常性（banality）与尖峰性（fatality）的对照，我亦想到20世纪90年代中国诗歌圈中"民间"和"知识分子"的争鸣。

因此，诗歌或许比哲学更能够像德里达所说的那样，在离疯狂最近的临界点上给予抵御着疯狂的慰藉；诗歌甚至不需要正确的三段论就立足于理性的土壤。那也正是诗歌发动起疯狂与理性的战役又同时制造烟幕的方式：疯癫的抑或是（or）理智的，疯癫的偕同着（and）理智的。一如诗人海子很快就会预见到的那样，总是疯癫的主体拥抱着他/她自身的败退，却也是那写作和战斗的行动，甚或说是那主体的内在死亡，孕育了诗歌。

20世纪80年代中叶见证了中国知识界启蒙话语的热潮。作为"文革"混乱的解毒剂和复苏的现代化进程的意识形态催化剂，启蒙话语无论是披着西方思想还是中国传统主义的外衣，都肩负着为中国社会肌体重新注入理性的重任。在此背景下，金观涛推崇的科学主义理性、新儒家的价值理性、启蒙学派的历史理性和李泽厚的实践理性等层出不穷。然而，与社会现代性中唯理性话语相伴而生的，却又是审美现代性场域非理性的张扬，以至于文化热中的一些弄潮儿也感应到非理智的、本能的和肉身的东西才是现代性的真正特征。

正如王瑾（Jing Wang）在《高级文化热》一书中所总结的，那些"开始在非理性和潜意识的破碎形象中狂欢陶醉的"80年代的作家和艺术家们,"从社会乌托邦的破产中重新创造了一个美学乌托邦:正是只有在反托邦的意象中最高级的乌托邦主义才能被表达"。①而我将在这篇文章中讲述的是,那最高级的非理性或乌托邦主义如何最大化地承载于诗歌这种文学类型,尤其是携带着疯狂的精神印记的三位诗人——顾城、海子、戈麦——的作品中。如同德里达重新设想着逻各斯中理性与疯狂的交换,我们从诗歌中探寻的也正是中国现代性文化逻辑中理性和疯狂的冲突、对话和流通。

顾城生于1956年,成年于"文革"期间。从不到十岁开始写诗,顾城享有"童话诗人"的美誉,更是朦胧诗的中坚力量。生于1964年的海子和1967年的戈麦是北京大学校友,属于"后朦胧"的一代。尽管有着一些代际差异,他们死亡的时间却是毗邻:海子于1989年在北京山海关附近卧轨自杀,年仅二十五岁;戈麦于1991年自沉于北京西郊万泉河,年仅二十四岁;顾城于1993年打伤妻子谢烨后自缢于一棵大树而死,享年三十七岁。

正是他们疯狂的症候性和死亡的临近让我们不能

---

① Jing Wang, *High Culture Fever: Politics, Aesthetics, and Ideology in Deng's China*, Berkeley & Los Angeles & Oxford: University of California Press, 1996, p.42.

忽视他们作为时代现象的集合性。从病理上，顾城和海子在人生的尾声确有精神失序的症状。不仅如此，疯癫也在他们死后成为很多流言和读者讨论贴在他们身上的标签。戈麦来去平静，却对于疯狂和幻象有着相当的自我认同。而我关切的，是他们诗歌中所浸透的疯狂——作为中国80年代决定性的启蒙理性话语中超激进的美学非理性的疯狂。

福柯和德里达深知，在《疯癫史》中"疯癫"的定义恰恰是缺席的，因为疯癫也只能相对于囚禁和放逐它的决定性的历史理性来被定义。同样，本文也不会提出对于"疯癫"的任何本质化或病理学上的定义。但相对于现代中国决定性的历史理性，针对于我们要讨论的这三位诗人，疯狂在大致上具体表现为：1. 主体与世俗常规之总体间的断裂；2. 现代中国的历史危机、改革和创伤所带来的精神骚乱；3. 对于外在世界工具理性秩序的根本性的抵抗。

在这种疯狂和挣脱疯狂之欲的双重驱使下，这三位诗人以一系列诗性实验创造出了一个分离隔绝、张力横生和未曾异化的世界。他们的"创世"之力使他们象征性地成为各自诗歌王国的上帝，或者德里达所谓与上帝仅一线之隔的"邪恶天才"。然而，这几位诗人越是绷紧他们的诗歌创世之弦，他们就越是踩在自杀的边缘——成为（becoming）上帝的拔升也意味着和世俗世界和历史理性的持续分裂和斗争，很可能将高潮导向离世之举。本文将探讨海子的现代史诗《太阳·七部书》以及顾城与戈麦的短诗，以此观照疯狂的形象如何启迪、延伸、重设了人类的存在，同时挖掘疯狂、创造、历史理性和死亡之间的症候性的关联。

## 造物之力

从海子说起。在《诗学·一份提纲》中，海子宣称：上帝创世的第六日，亚当诞生，而亚当的创造实际上是亚当挣扎着从"大地束缚力（死亡意识）"和"上帝束缚力（奴隶的因素）"解放出来，是主体从实体中解放出来，同时也是父性/男性势力从夏娃和母体中解放出来。与亚当巨匠般主体形象的完满相对，夏娃的创造则代表着不可避免的抽象、杂多、耻辱、流放和文明末端的受难。[①]

看到这里，一定有人会对这种父性至上的故事新编感到不适，甚至因为这些开篇的狂言妄语而认定海子果

---

① 海子：《诗学·一份提纲》，《海子诗全集》，北京：作家出版社，2009年，第1038—1045页。

然是个疯子。这的确是"狂言",因为这是只有上帝才有权威去说的;这也的确是"妄语",因为这是只有"邪恶天才"才胆敢去篡改的。海子像盗火的普罗米修斯一般盗取了上帝的口吻,史无前例地在诗学中重新设计了人类精神冲突和调和的原型(archetype)。而原型中两大力量的流向不仅决定了艺术的创始和类型,也决定了人类精神中大师(海子所谓的"王"或"王子")和杰作(所谓"创造亚当的过程")的诞生。要追寻亚当型的诗歌,诗人则必须竭力从实体和母体中割裂开来,唤起自身潜伏的巨大的"原发性的原始力量"以服务于主体的完满,尽可能将自我置于巨大力量的中心并始终和它战斗和它对话——无论这种力量呈现为天才、魔鬼、地狱、深渊、疯狂、命运、欲望还是其他面目。

这种诗歌追寻本身就构成了海子的现代史诗或"大诗"《太阳·七部书》的母题。作为七部书之一,《太阳·土地篇》宣称:"原始力量反复死亡,实体享受着他自己的斧子/数学和诗歌""这就是在他斧刃上站立的我的诗歌""原始的力量反复死亡,却吐露了诗歌"。[①]显而易见的是,诗歌对于海子来说既是对抗实体的行动,也是对抗实体的悲剧性的果实;而如此

---

① 海子:《诗学·一份提纲》,《海子诗全集》,第652—653页。

对抗既需借重于自身体内也并不驯服的原始力量，又不免要以死亡为代价。

这就是为什么海子总痴迷于"头颅"和"断头"这类血肉淋漓的意象，也是为什么中国远古神话中不屈的失败者刑天会成为《七部书》之首《太阳·断头篇》第三幕的重要角色。"刑天舞干戚，猛志固常在"，陶渊明《读山海经》里诗句广为流传，让刑天的"猛志"历久弥新；巨人刑天在与黄帝的争胜中败北，被削去首级，却"以乳为目，以脐为口"，仍永不妥协地挥舞着他的盾牌和斧头，不知是朝向虚空还是黄帝所代言的"实体"。对此，海子在《动作（〈太阳·断头篇〉代后记）》中阐释道："这头颅是用来作一种绝对失败的反抗的，这只头颅将被砍离整个躯体，成长为一个血红的太阳。整个人类，无头之躯的地面，永远绕着这太阳旋转。好比说是舞。"①太阳，因此象征着诗歌极致的反抗之力，是高于实体、任何亚当都必须去直面和献祭的灼热中心，是民族大诗、所有海子感同身受的坠落英雄乃至于全部可怜人类的壮烈图腾。

可亚当所要挣脱的"实体"是什么呢？所谓的"原始力量"又当何解？这两个概念的澄清也需经由亚

---

① 海子：《诗学·一份提纲》，《海子诗全集》，第1034页。

当的反题——那不仅是夏娃,而且也是受困于夏娃之中、放弃了主体抗争而自我放逐的状态。夏娃所象喻的,更具体地说,是一种臣服于抽象理性之沙漠的现代精神。①这种精神诉诸抽象表现、矫饰、零乱的合冶,是理智对于碎片化元素的强行归并,呼应着本世纪艺术"缺乏完整性,缺乏纪念碑的力量,但并不缺乏复杂和深刻,并不缺乏可能性,并不缺乏死亡和深渊"②的母体症候。而实体,原是万物,是父和母、王和后相较于主体/王子的先在;具体到海子反思的世纪精神和艺术,它指称的毋宁说是被工具性和现代性的主导历史理性所规训的整个人类经验。

相对地,原始力量存身于非/前/超理性的幽深处,存身于"人类幻象"对"人类经验"的讨伐中。③在《太阳·诗剧》中,即使人类本身也在幻象中被挑战。海子写道:"在太阳的中心,谁拥有人类就拥有无限的空虚。"④不仅如此,一个"他"还在"一只猿身上醒来"⑤"作为诗人的一般看见了猿的一半"。⑥一条疯

---

① 海子:《诗学·一份提纲》,《海子诗全集》,第1041—1042页。
② 海子:《诗学·一份提纲》,《海子诗全集》,第1041页。
③ "人类幻象"和"人类经验"的斗争,参见海子:《诗学·一份提纲》,《海子诗全集》,第1055页。
④ 海子:《诗学·一份提纲》,《海子诗全集》,第910页。
⑤ 海子:《诗学·一份提纲》,《海子诗全集》,第910页。
⑥ 海子:《诗学·一份提纲》,《海子诗全集》,第912页。

狂的轨迹于是镌刻在了海子诗学世界观反进化和反现代的立意中。亦如他所藐视："现代人，一只焦黄的老虎"①"（我的诗歌竞赛的对手就是）这堆什么也不是的十分现代化的钢铁"。②这里的反现代，同时也意味着反现代主义，因为后者尽管悬系着对现代化的批判，却也总不免落入孱弱、理性、抽象和科学话语的陷阱。现代主义精神的代表人物，那些海子口中的"小国寡民""测量员""近视的数据科学家"，③包括卡夫卡、塞尚、弗洛伊德、艾略特④以及——也不幸中枪的——我们开篇引用的乔伊斯。也许对海子而言，乔伊斯最好彻底拿开那张"透明的纸"。

然而，更不幸的是，文学终归是会生产那"透明的纸"的，因为任何可说的疯狂革命都只能是在"我思"的自由流通以内，在历史理性的可能性以内。用德里达的话来说，"通过他自己的语言，他背向于任何真正的疯狂而重新确立了自身"。⑤在一个更高的形而

---

① 海子：《诗学·一份提纲》，《海子诗全集》，第726页。
② 海子：《诗学·一份提纲》，《海子诗全集》，第846页。
③ 海子：《诗学·一份提纲》，《海子诗全集》，第1042页。
④ 海子在《太阳·土地篇》题词说："土地死去了，用欲望能代替他吗？"（642页）。这个诗歌母题，和艾略特表述着一战后西方世界荒凉幻灭、人类精神沉没欲海的《荒原》有互相映照之处。观察他们的遥相呼应和差异，或许也可以是我们谈论时代理性和疯狂的又一切入点。

⑤ Jacques Derrida, *Writing and Difference*, p.18.

上的层面，海子承认实体即是主体（有些类似于"我即宇宙"），是"谓语诞生前的主体状态"（亦即"我"的Being/存在确立以前混沌的主体状态），于是诗人的任务不过是照亮和裸露实体黑暗沉默的核心，让我们可以在辉煌的瞬间回到在实体中生活的自身。① 这也多多少少暗示出历史的总体性是我们生活于其间并建筑起我们自身的东西，因而到底是无可逃遁。海子的疯癫，一方面可以被看作是中国八九十年代急剧现代化进程中精神激进的巅峰；另一方面，那种激进本身也构成了现代中国充满了暴力、革命、压抑和偏离的历史逻辑。②

无论如何，海子对于历史总体性和决定性历史理性的跃出远高于同代人。基于他所炮制的精神原型和全新发明的世界体系，海子在一个宇宙学的图景下让他的诗歌穷尽了天空、大海、世界和生命。在其间，"我"诞生，并决定了事物和元素的秩序。③ 所以海子

---

① 参见海子《寻找对实体的接触（〈河流〉原序）》，《海子诗全集》，第1017—1018页。

② 早在郭沫若开一代诗风的诗集《女神》中，我们就已经看到了那种创造天地、吞吐日月、崩散元素的激进性，看到"开辟洪荒的大我"。站在世纪初、站在传统中国向现代中国断裂式突进的起跑线上的郭沫若和站在再启蒙的20世纪80年代后期的海子，他们交错的身影也将是个颇有价值的比较命题。

③ 一个宇宙性的"我"也见于惠特曼的《自我之歌》。但我想，惠特曼对于那无所不包的宇宙之秩序的处理方式，却会是海子的一个有趣的反向参照。

说"世界的中央是天空,四周是石头",① 于是在他的诗学宇宙里便如此发生。所以海子说"黑夜是一条黑色的河"② 可,说所谓黑夜"就是让自己的尸体遮住了太阳"③ 或"太阳在自己黑暗的血中流了泪水"④ 也无不可。这就是我所谓的意志、疯狂、语言、诗歌合铸而成的造物之力(demiurgic power)。"黑夜"的例子,却也在另一层面说明了这种造物之力的不稳定性、随机性和语言自动性——这便也预示着疯狂的赋权中所内在的不可擦灭的危机。

## 幻象

我想画下遥远的风景

画下清晰的地平线和水波

画下许许多多快乐的小河

画下丘陵——

长满淡淡的茸毛

我让它们挨得很近

---

① 海子:《寻找对实体的接触(〈河流〉原序)》,《海子诗全集》,第1004页。
② 见海子:《太阳·诗剧》,《海子诗全集》,第927页。
③ 海子:《太阳·诗剧》,《海子诗全集》,第916页。
④ 海子:《太阳·诗剧》,《海子诗全集》,第918页。

让它们相爱

让每一个默许

每一阵静静的春天的激动

都成为一朵小花的生日

——顾城《我是一个任性的孩子》，1981年3月[1]

我要抛开我的肉体所有的家

让骨头逃走，让字码丛生

让所有细胞的婚恋者慢慢成长

就像它们真正存在过那样

——戈麦《家》，1989年[2]

通过并置，两个词立刻跃入我们视线之中："想"（或者"要"）和"让"。无论是"想"还是更急迫更斩截的"要"，表达出的都是意志和欲望。而"让"是带有想象权威性的命令，这种命令要求着自己、他人或外在世界去完成权力主体的意志。在顾城的诗里，那意志或命令之所向是去创造一个美丽——美丽到难以

---

[1] 顾城著，顾工编：《顾城诗全编》，上海：上海三联书店，1995年，第309页。

[2] 戈麦著，西渡编：《戈麦诗全编》，上海：上海三联书店，1999年，第158页。

置信——的世界,在其中非人的事物也都变得亲密,对于彼此心有戚戚。类似地,戈麦也在创造不可能性中的可能性:在一个分崩离析的解体瞬间,灵魂和身体的粒子戏剧化地割裂和重组,像文字按自己的喜好找到它们想要勾肩搭背的前言或后语一样。二人诗歌中这种结构和品性上的相似,标明了他们和海子可比的疯狂的造物之力。

然而,和戈麦的《家》所不同的是,顾城并未用另一个造物的瞬间终结他的那首《我是一个任性的孩子》,而是:

但不知为什么

我没有领到蜡笔

没有得到一个彩色的时刻

我只有我

我的手指和创痛

只有撕碎那一张张

心爱的白纸

让它们去寻找蝴蝶

让它们从今天消失 [1]

---

[1] 顾城著,顾工编:《顾城诗全编》,第311页。

尽管"去寻找蝴蝶"仍是一个含有任性的主体意志的手势，那种意志却显然已被顾城那一代人的历史黑暗所撕碎，也限囿在了一种儿童心理和无法实现的幻梦中。我们从这首诗的题词"想在大地上画满窗子，让所有习惯黑暗的眼睛都习惯光明"中也能看出端倪："画满"窗子而不是为画好自己的那扇窗子，这自然是有一种代际的群体性；"习惯"黑暗和光明而不是平滑的过渡或迈进，则又暗示出了黑暗历久弥深的历史性和主体在重新面向光明时怯生生的不适、惶然和不信赖。

在另一首叫作《粉笔》的诗里，那个任性的孩子倒是领到了一盒五彩的粉笔，却来不及去画下他的幻梦，而是只能"当然地站在长黑板前/去写一条需要的标语"。① "需要的标语"不仅是成人世界的强加，也指向了"文革"，在与《我是一个任性的孩子》的互文性中共同揭示了正是那历史的创伤驱使着顾城"发疯"，驱使着诗人在他的幻想的蝴蝶里沉浸和放逐。

历史创伤也促成了幻象的理性化，以至于对现实常规的讽刺、批判和其中透出的无能为力成为顾城相当多作品的落脚处。换言之，幻象倾向于被灌装成

---

① 顾城著，顾工编：《顾城诗全编》，第311页。

寓言，变成了历史创伤的理性投射。这种倾向产生的原因，在顾城1982年的诗作《永别了，墓地》中有所流露。诗歌是为荒冢中的红卫兵而写，那墓地"在重庆，在和歌乐山烈士陵园遥遥相望的沙坪坝公园里，在荒草和杂木中"。[1] 同情着那些手指"只翻开过课本/和英雄故事"[2]的早逝者，顾城一方面揭开了"文化大革命"用宏大的政治幻象埋葬了年轻人的历史荒谬；另一方面却又深信红卫兵们"是幸福的"。[3] 也即是说，历史本身被顾城指认为一种非理性，而幻象，或者说无论红卫兵还是诗人自己的想象能力、认同机制和快乐的边界，却也无不是那疯狂的历史所赋予。正因为如此，顾城才会在认出盲目英雄幻梦之可怕的同时感受到死于幻梦的幸福，感受到自己和他们不仅是年龄还有灵魂上的相近。

也正因为如此，诗歌被迫要扮演双重的角色：其一是幻象，在其自身以内是幸福的；其二是警示标，连带着对于历史幻象的理性纠偏，那警示标自身却是树立在一种强大的个人幻象结构之中。这内在的悖论也隐现于顾城最著名的几句诗："黑夜给了我黑色的眼

---

[1] 顾城著，顾工编：《顾城诗全编》，第390页。
[2] 顾城著，顾工编：《顾城诗全编》，第391页。
[3] 顾城著，顾工编：《顾城诗全编》，第397页。

睛，我却用它寻找光明。"[1]黑色的眼睛怎么去寻得见光明呢？如果历史被指认为黑暗或疯狂，只能存在于任性的幻象中的光明又如何与前者区分开来呢？使顾城感到痛苦的，用德里达的话说，正是"理性比疯狂更疯狂"[2]的这个发现；而在一定程度上，顾城的诗又是在让疯狂比理智更理智，以此寻找光明和疗愈创伤。

因此，也难怪《一代人》中从黑暗到光明的转向被广泛地解读为已接受的历史理性以内的进步逻辑。然而，顾城的选择却更近乎一种间性。与海子不同的是，历史的创伤和顾城柔软的性情使他未能够以至高无上的自我确认来重申"我思"之绝对强力，也未能以疯狂的爆炸来铸成一种崭新的诗歌宇宙学。当然，在某些时刻，顾城也会释放出相当磅礴的造物之力，譬如："但我因为注视／而吸收了太阳／……我将像太阳般／不断从莫测的海渊中升起／用七种颜色的声音／告诉世界／告诉重新排练的字母和森林／东方——不再属于传说。"[3]

至于戈麦，诗人、批评家西渡给了我们一个很好的引入："语言的自由使戈麦享受到创造的快乐。那种快

---

[1] 顾城著，顾工编：《顾城诗全编》，第121页。
[2] Jacques Derrida, *Writing and Difference*, p.76.
[3] 顾城著，顾工编：《大写的"我"》，《顾城诗全编》，第334—336页。

乐在程度上等同于上帝造物的快乐。"[1]也并非偶然地，戈麦在他的诗作《海子》中，把海子称为"半神"，把诗中的"我"叫作"疯人"[2]。

尤其在处理时间重设的命题时，戈麦的诗迸发出自由充溢的造物之力。他写作了两首都叫作《眺望时间消逝》的诗，诗中也都构想着时间完结时的情境。1990年的那首观察着宇宙突变之时开始和结束的颠倒、进化前行与返祖收缩的同在："一条夜间行走的蛇无意中撞见了自己的尾部／于是变得弯曲，像海洋的曲面／陆地在消逝的过程中变成一枚致命的颗粒。"[3]此时的戈麦，像是崇尚着苏美尔创世神话中乌洛波洛斯（Ouroboros，即蛇头咬着蛇尾的"衔尾蛇"）的炼金术师，在时间列车脱轨跌落的空白边际，一眼看尽天地万物的对立融合、大小无限、循环转化和永恒更生。

作于1991年的那首《眺望时间消逝》眺望着光的消隐。没有了时间，光也无法继续它的增殖，终于以利刃之形"斩断天堂的钢索"。[4]无论是笛卡尔所仰仗的、让"我思"中的"我在"得以清晰显明、确定无

---

[1] 戈麦著，西渡编：《拯救的诗歌与诗歌的拯救——戈麦论》，《戈麦诗全编》，第456页。
[2] 戈麦著，西渡编：《戈麦诗全编》，第294页。
[3] 戈麦著，西渡编：《戈麦诗全编》，第180页。
[4] 戈麦著，西渡编：《戈麦诗全编》，第376页。

欺的自然之光,还是上帝"要有光"的创世神谕,在戈麦的全新设定下都不管用。要没有光,于是就没有了光,于是"群星寂灭,理性的组合舱变得亏空/由一个单数到复数,造物主的精神像雪迹一样污黑"。[1]有趣的是,1990年那首诗中陆地收拢而成的"致命的颗粒"似乎通过衔尾蛇的流动变成了1991年这首诗里从单数到复数的繁乱,变成了"恒星离我们远去"[2]时分、颗粒缩成之前理性的混沌和死亡寂灭的蔓延。如此局面,造物主的眉头怕是要紧皱了,他的精神还将更加污黑,要是他早早听闻"一车落叶的消失/会引起一桩截断时间的事故"[3]——人类的干预持续地挑战着那些已决定的东西,正如纸张/写作对抗和重设着时间。在戈麦另一首想象着时光倒流的诗里,还会有更加令人震惊的景象跃入眼帘:"一颗头颅跑回审判台上"[4]"松散的阳光流入一片广阔的空虚"[5]。

近于顾城,幻想也是戈麦从一开始就认同的一种起点、写作风格和诗歌本质。他说:"诗歌直接从属于幻想,它能够拓展心灵与生存的空间,能够让不可

---

[1] 戈麦著,西渡编:《戈麦诗全编》,第376页。
[2] 戈麦著,西渡编:《戈麦诗全编》,第376页。
[3] 戈麦著,西渡编:《短诗一束·造纸术》,《戈麦诗全编》,第201页。
[4] 戈麦著,西渡编:《妄想时光倒流》,《戈麦诗全编》,第223页。
[5] 戈麦著,西渡编:《妄想时光倒流》,《戈麦诗全编》,第224页。

能的成为可能。"①戈麦的时间实验已为我们展示了幻想的工作原理和效应：占据造物主的位置，扳动时间机器的手柄；无论加速、倒退还是突临绝境，实验中任何一条任何宇宙法则的改易都将生成一连串的结构变形，而这些变形在词语和意象的交汇、分裂和角力中被深度探测、进一步繁殖和形塑，最终凝聚于诗歌新生的胚体。

有两点将戈麦的幻象和海子那样的造物之力区别开来，虽说两位诗人冲击着人类本体和宇宙学的写作有着不可否认的同源性。首先，戈麦持续的对于幻象、对于幻象有别于物质或现实的自我意识削减了疯狂的绝对在场，而在海子的史诗作品中，疯狂足以自我肯定到它的对立面几乎完全被它悲剧性的抗争姿态所淹没。海子的确也在譬如《太阳·弑》等作品中赋予人物语言以恍惚、错乱和幻象的特征，但幻象更像是他的准备阶段或自明之理，而不是问题。所以，你不太可能想象海子会用戈麦如下的这类表述来打扰他的史诗计划："在那统治万物的高度／一切皆因超拔而虚脱，光明近于黯淡。"②"虚脱"显然是"邪恶天才"和海子

---

① 戈麦著，西渡编：《关于诗歌》，《戈麦诗全编》，第426页。
② 戈麦著，西渡编：《高处》，《戈麦诗全编》，第301页。

诗歌领土中的亚当和刑天唯一不必感到的。

其次，在戈麦那里，允许着宇宙结构颠倒和重构的造物之力往往衰减地体现为局部宇宙法则的戏剧化所带来的碎片式变形。而汉语的实验和自动衍生——而不是对于世界的重新构造——被认为是更能照亮人类存在本身。正是这种观念把20世纪90年代诗歌——尤其是所谓"知识分子"诗歌——带入了语言的内驱动之中。①

## 超人和死亡

疯狂的造物之力必将引向对作为人类之匮乏的发现。或可说，作为人的这个前提限定了疯狂所能滋长的程度，无论如何都不能企及上帝般强大而随意的造物意志。因此，海子总是想象着太阳之上人类的灰烬，并定义诗歌写作为一种死里求生的过程。那弦外之音，正是人类经验只能通过最大限度地偏离自身才能获得更新和振奋。同样地，戈麦声称："人类呵，我要彻底

---

① 附于《戈麦诗全编》后的两位诗人评论家臧棣和西渡的评述《犀利的汉语之光——论戈麦及其诗歌精神》与《拯救的诗歌与诗歌的拯救——戈麦论》里，都能见出这样的观念，见出对汉语语言家园的信任。

站在你的反面"①"人类绝对是一堆废物"②。无疑,也只有从一个寰宇的视角、从上帝的眼中,主体才能够站在这堆"废物"的对面。

然而,人类语言不可避免地是在文学中构造任何他异世界的材料,也必然是在入口处阻断人走向超人的已规训前提。同时,疯狂驱使之下的语言造物,如我在海子"黑夜"的例子中所示般,不可能像俗世常法那样根深蒂固、难于动摇,否则便也背离了疯狂内在的不断自我颠扑翻搅的价值。在此意义上,只有死亡能成为海子和戈麦所谓的"彻底"或"一次性"的诗歌行动。死亡于是成为诗歌、疯狂和诗人们不妥协的离经叛道的延续。尽管在海子心中死亡也是人类经验的一部分,③它的未知领域和永恒暗面却仍在其不可能性中开启了关于无限和空虚的众多可能性,而这些最终都不是囿于人的语言官能和历史总体性所能抵达的。

顾城也不例外。在他的后期诗作《小说》(1990)中,诗人问道:"你怎么会以为我是人呢?"④对顾城而

---

① 戈麦著,西渡编:《我要顶住世人的咒骂》,《戈麦诗全编》,第181页。
② 戈麦著,西渡编:《想法(致非默)》,《戈麦诗全编》,第312页。
③ 参见海子:《诗学·一份提纲》第五节《朝霞》,《海子诗全编》,第1056页。
④ 顾城著,顾工编:《顾城诗全编》,第824页。

言，死亡是幻象最后的稻草；只有经由死亡，不可忍受的历史理性和非理性、现实和创伤，以及他和妻子的情感纠葛，才能被替换为五彩而亲密的画作。死亡，或可说是顾城写作生涯中最疯狂的一首诗——就此历史创伤作用下他在幻象和理性间的徘徊终于弥合为一。在那主体和实体的终极统一中，无论三位诗人自身还是历史和现实的理性与疯狂都不再有意义。但是他们的疯狂和死亡对我们却意义非凡，因为如海德格尔所言：

"不在（Not-being-here）是对存在（Being）的最终的胜利。此在（Dasein）就是失败的永恒紧迫性和对抗存在的强力行为更生复现的永恒紧迫性，以至于存在的全权支配侵入此在，把此在收纳进其显象之域，在它的支配中包围和漫入此在，并由此将此在扣留于存在以内。"[1]

更因为，让我再次重复：

---

[1] Martin Heidegger, *Introduction to Metaphysics*, trans. by Gregory Fried and Richard Polt, New Haven & London: Yale University Press, 2000, p.190.

"这头颅是用来作一种绝对失败的反抗的,这只头颅将被砍离整个躯体,成长为一个血红的太阳。整个人类,无头之躯的地面,永远绕着这太阳旋转。好比说是舞。"①

最后,一个戏仿:这篇文章是用来作一种绝对失败的反抗——一种苍白的、注定被疯狂的语言造物者们所跨越的理性。而这本高喊着"诗歌是一种科幻文学"的、名叫《玻璃与少年》的书,或许也压着一张"透明的纸",透明如玻璃的纸……

马克吐舟

2018 年 8 月 23 日

---

① 海子:《动作(〈太阳·断头篇〉代后记)》,《海子诗全集》,北京:作家出版社,2009年,第1034页。